深夜食堂

シンヤショクドウ

10

安倍夜郎

凌晨2時

第 128 夜 ◎ 蔬菜棒

常客都有自己
習慣坐的位置，
要是被別人坐走了，
好像都會有點不高興。

今天八郎一進來……
那裡有人坐了嗎？

嗯，去上廁所了。

這樣啊……老闆，我要啤酒和炸肉餅。

……!

成瀨!
?

……八郎。

你們認識?

國中同學。

雖然這個姿勢
有點老派——
來到店裡光顧的成瀨，
可說是全日本最適合吃
蔬菜棒的男人。
啪喳

成瀨一點
都沒變啊！

是嗎？
應該比以前
壯了不少吧。

真是一點
都沒變
啊——！

倒是
這贅肉
是怎麼
回事？
好痛，
別這樣。
捏

本來想說
八郎你也沒
變的……

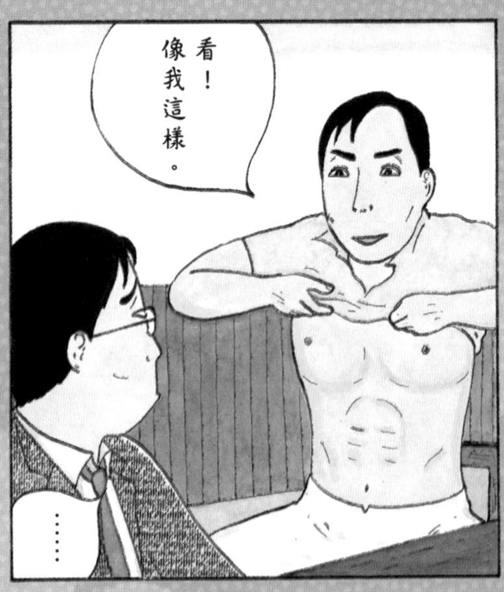

1. 日文「成」（naru）與「自戀狂」（narushisuto）的開頭同音。

數日後——
めし

哎？阿成的同學啊!!

嗯，我們是男校。

國中的時候，他總在上課時望著窗外，成天被老師罵。
唔。

但是他不是在看窗外，是在看玻璃窗上倒映著自己的臉。

哇，不愧是阿成！他在健身房一天到晚都在照鏡子。

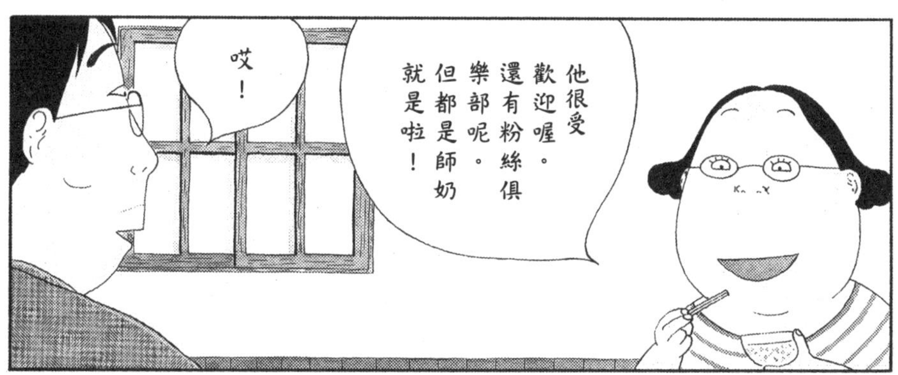
他很受歡迎喔。還有粉絲俱樂部呢。但都是師奶就是啦！
哎！

借我躲一下！
喀啦

?!

碰噹
喀啦

剛剛是不是有個男的進來？
哈哈
不可以把他藏起來喔！
呼呼

大家怎麼都跑來了？
……

?!
唉喲，真由美！

那個，請問一下，成瀨教練有沒有來啊？

沒啊。
妳們還好嗎？好像追著獵物的野獸一樣，殺紅了眼似的。

唉喲，討厭。
呵呵。
真是抱歉啦。

那就是成瀨的粉絲俱樂部?!

對！

咚—
咚—

一開始只是喝酒而已。

然後太田太太突然……

教練，你右邊的臀部上有痣吧。

有吧，兩顆痣……小說上寫的呢！

哎?!

我也有讀到，臉紅心跳呢。嘻嘻嘻……

人家想看教練的痣！

教練跟誰睡過了啊？

是這本小說。
泳池邊的愛
這本小說的舞台是位於新宿的健身房，主角是游泳教練成海，跟有閒的師奶們一一上床的故事。

主角成海絕對是影射我……

嗯，要是只有那些人看了小說，倒也還好。

咦?!

沒錯，搞不好有其他人讀過了呢。

……
不妙的預感通常都會成真的。

次日
SPORTS CLUB
成瀨教練！

真的有痣嗎?!
拜託，讓我們看一下臀部上的痣～～！

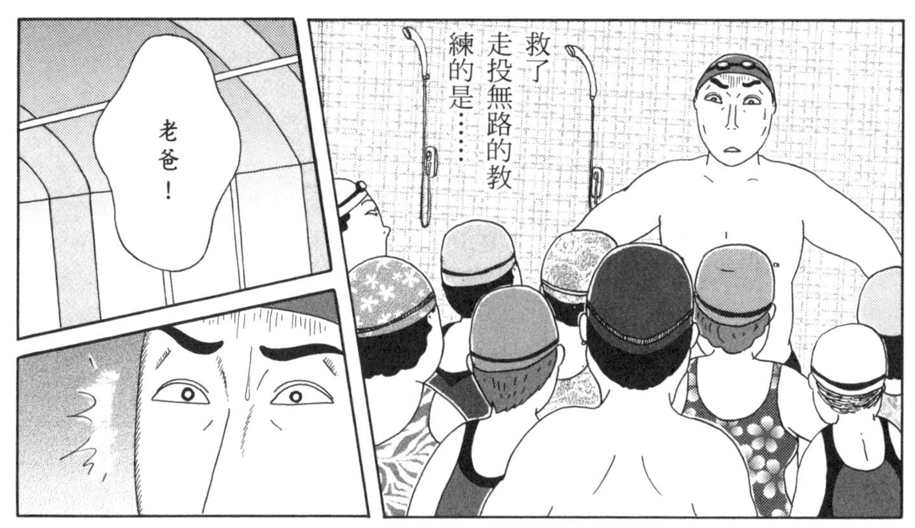
救了
走投無路的教
練的是……
老爸！

老爸。
老媽生氣
了啦！

哎？
?!

……
他太太好像也
讀了那本小說。

總之阿成在健身房號稱單身呢。
唔。
那次就這樣收場了，但之後不知怎樣了……

喀
啦

?!

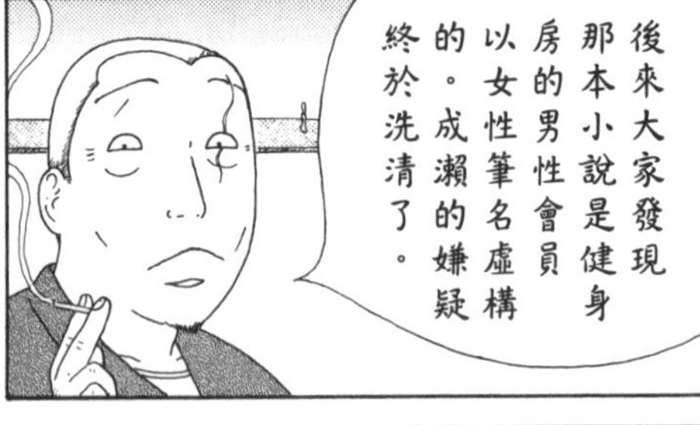
後來大家發現那本小說是健身房的男性會員以女性筆名虛構的。成瀨的嫌疑終於洗清了。

但是被太太揍的傷痕好一陣子都沒消呢……
啪喳

……至於成瀨嗎？他現在偶爾也來，依然帥氣地吃著蔬菜棒喔。

第129夜◎小芋頭

真的沒有比他更適合
「小老闆」這個稱呼的人了。
話說這位吉先生本來就是
和服店的小老闆。

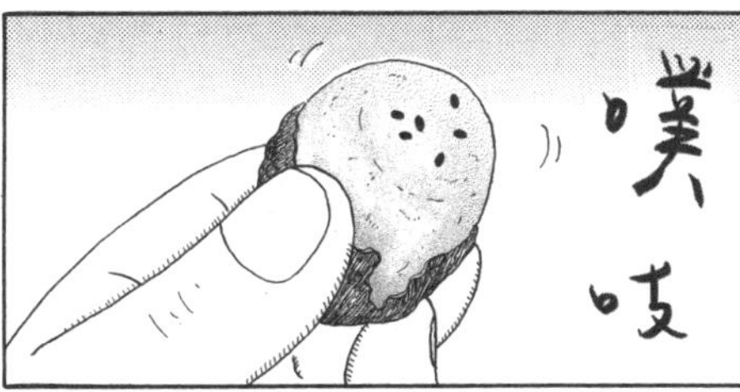

喲喲，小老闆！你肯定脫過不少女人的和服吧？

唉喲，北先生，才沒有呢。我只脫過……

一、二、三……二十二、二十有三吧。
真令人羨慕。吉先生又帥又有錢，我要是女人也會愛上你的。

別這樣啦，怪噁心的……

喀啦

大家好。
這位是三丁目同性戀酒吧「紫之上」的阿順，好久不見了。

喲，歡迎光臨。

絹子。
大家好。
?!
……
……

你們倆這什麼表情啊！
是不是覺得絹子曾經是男兒身，就算喜歡上她也是白搭？

哎，哪有這樣想。
對啊，才沒有……

放心吧，絹子是真正的女人。

我是絹子，在歌舞伎町的熟女酒吧「丹妮芙」上班。歡迎來店裡坐坐。

哎?!

真的…?!

我會去的。
會去會去。

次日——

！
熟
女
！
歡迎光臨。

結果這兩人
就迷上了熟女酒吧……

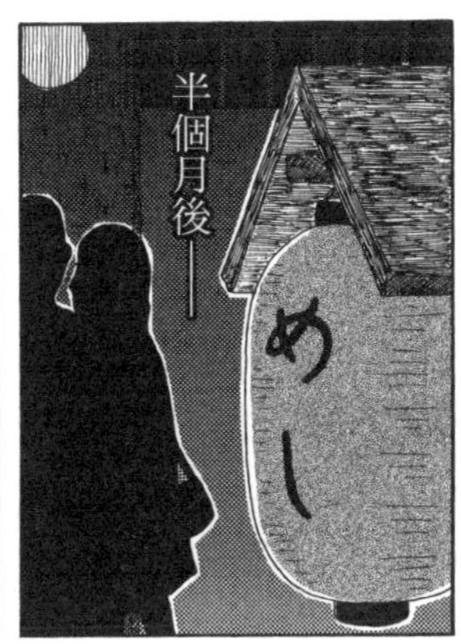
半個月後——
めし

最近有去那家熟女酒吧嗎？

我是很想去，但戰鬥資金無法補給到位啦。

還不就我媽囉唆了幾句。
吉先生呢？

那個傻蛋小開？他整個人好像變成了火山孝子。他爸社長大人似乎有些意見，但有他媽撐腰。現在還會給他零用錢呢。

瀧川和服店以前週轉不靈的時候，就是靠老闆娘的嫁妝跟娘家的資助才撐過來。社長也不好說什麼吧。

嗯，家家有本難唸的經啊！

大家好。
喀啦

說曹操曹操就到。
歡迎光臨。

小老闆，女朋友怎樣啦？

沒法跟小芋頭一樣一下就脫掉啦。
真會說呢！

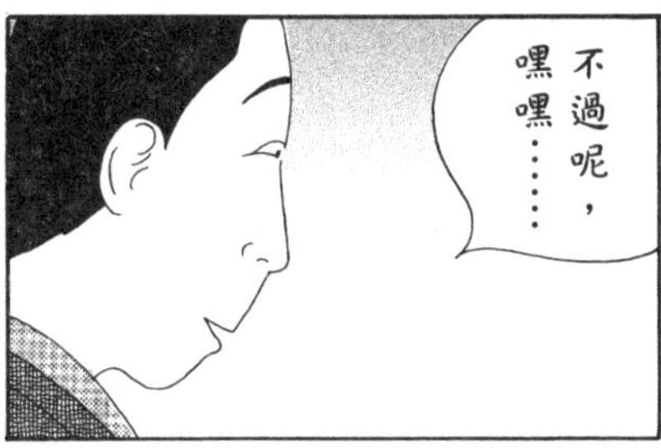
不過呢，嘿嘿……

怎麼啦？

週末我們要一起去箱根喔！
會過夜嗎？

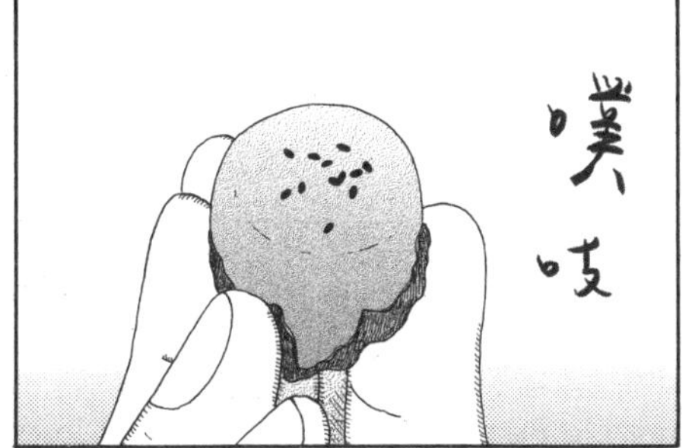
噗吱

當然。

還當然呢。
哈哈，很厲害啊！
豬肉味噌湯定食 六百圓
啤酒（大） 六百圓
日本酒（兩合） 五百圓

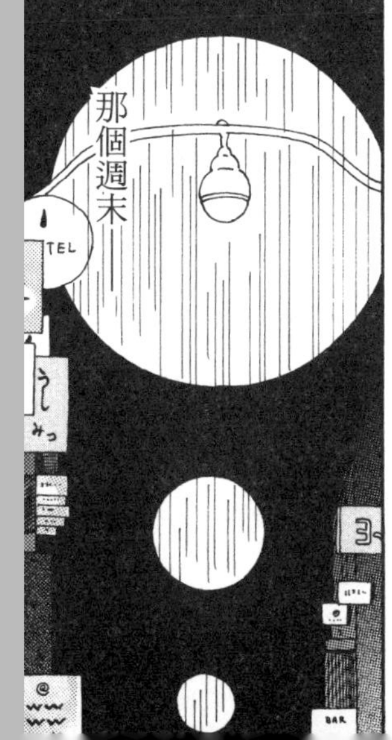
那個週末
TEL

吉先生?!
怎麼啦？？

絹子小姐
不見了……

那天中午兩人
相約在新宿集合，
搭「浪漫特快車」前往箱根。

到了旅館，
吉先生先在房間的
露天溫泉泡湯，
但等了很久
她都沒出現。

絹子小姐、絹子小姐！
她竟然
就這樣不見了。

過了一會兒，
絹子小姐傳簡訊
來說「對不起，
請原諒我」……

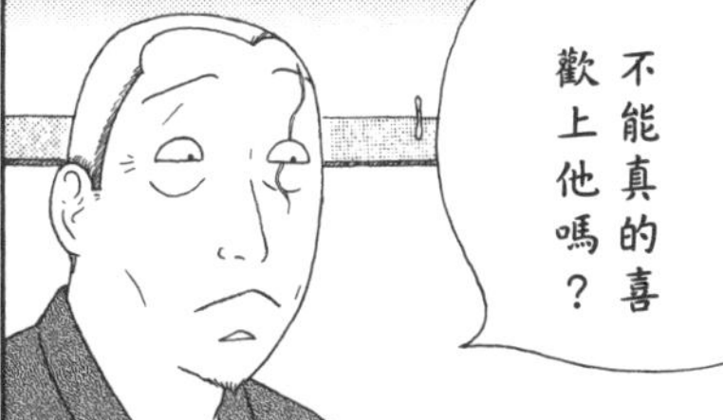

2. 出自歌曲〈東京藍調〉，作詞：水木Kaoru，作曲：藤原秀行。

……絹子是吉先生同父異母的姊姊。

啥?!

絹子的母親是酒家女。瀧川家的爺爺一直反對他們結婚，和服店面臨破產之際，她因為店裡的狀況而離開了。

然後吉先生的媽媽帶著嫁妝嫁過去了。

吉先生知道多少呢？
天曉得。

可能不知道比較好吧……

第130夜◎肉末豆腐

前天，不知怎地忽然想吃肉末豆腐，所以就做了，而且燒得不錯。所以今天晚上多準備了一些在店裡賣。

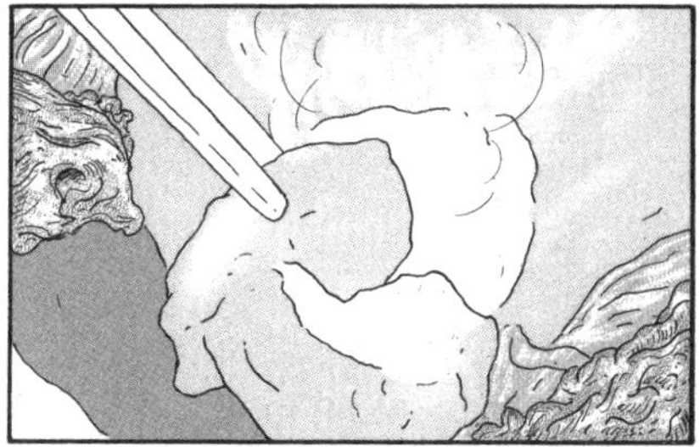

喀啦
在吃什麼啊？

肉末豆腐。

立刻就要?!
豬肉味噌湯定食 六百圓
啤酒（大） 六百圓

我也要！老闆，淋在飯上給我。

久等了。

攪攪
因為這樣攪拌……

3. 見第九集第119夜。

4.「鴨子」與「賀茂」諧音。

真的只要蔥就好嗎？那請等一下。

我等我等！
有人是這樣點……

老闆，沒加蒟蒻絲嗎？

沒有，店裡的肉末豆腐只有豆腐、肉和蔥而已。

我喜歡蒟蒻絲，幫我加吧！
不好意思，沒有蒟蒻絲。

那我去買來的話可以幫我加嗎？

可以啊。

是我！
立刻去買蒟蒻絲來！
蒟蒻絲啦，混蛋！
我在深夜食堂！

……
……

過了一會兒——
大哥，
蒟蒻絲。

啊，
辛苦了，
還真快。

老闆，
幫我加蒟
蒻絲。

好，在
那之前先上
賀茂田先生
的蔥吧。

沒關係，
再多煮一下。
先弄健先生
的吧。

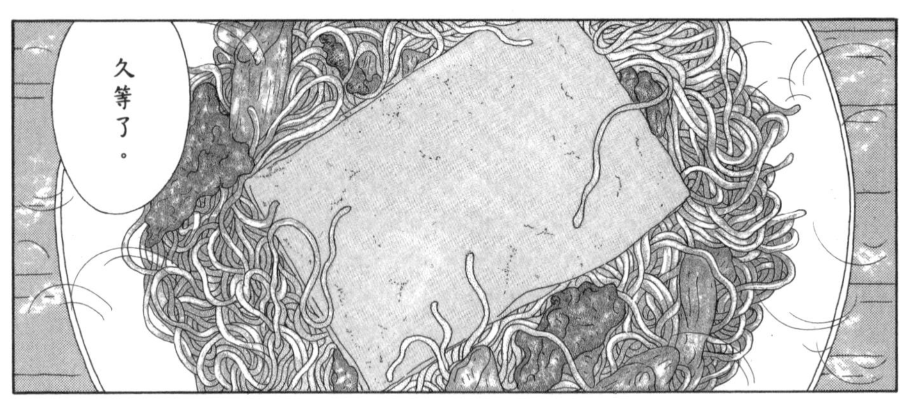
久等了。

老闆，生雞蛋呢？
蒟蒻絲要配生雞蛋吧？真是不上道啊！
還要白飯。

好。

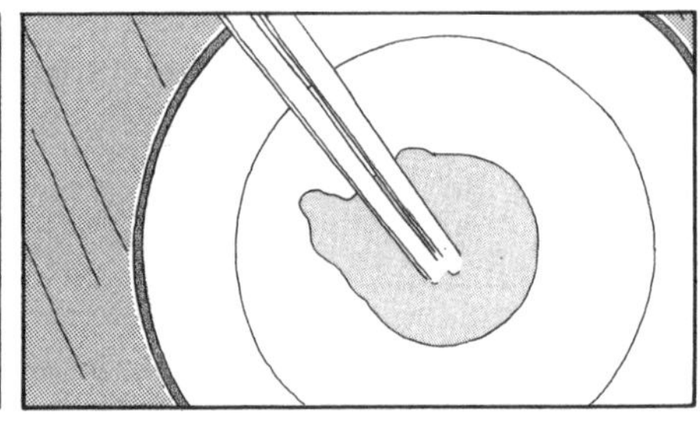

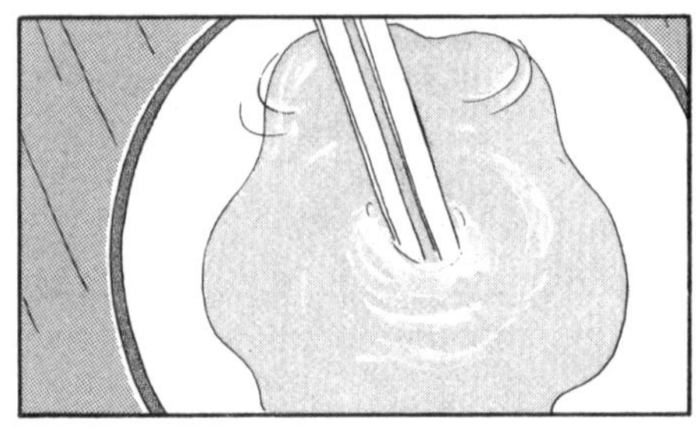

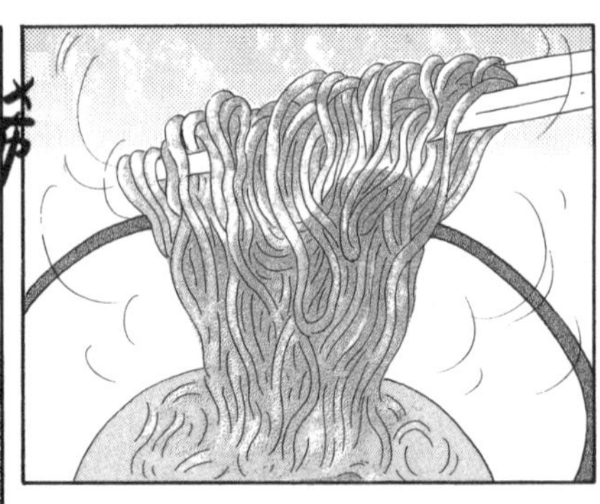

稀
哩
呼
嚕

還有一個這樣點的傢伙。
老闆，能用豬肉幫我做嗎？我家的是用豬肉燒的。

我知道了。啊，真是的，早知道就不要做肉末豆腐啦……

對了，賀茂田先生……
我在應付客人的各種要求的時候，他好像在打盹。接著突然……

由香里～～！

?!

怎麼啦？

……我剛才做夢，夢到由香里。

由香里花名拉拉，曾經是酒家女。她甩了賀茂田先生，追著前店長到新潟去了。

我夢到我和由香里在休息室等待婚禮開始。然後突然發現由香里不見了。

又不見了！

連在夢裡也被甩，太慘了……

唉……

只不過是夢而已，不要這麼沮喪啊！來，蔥煮好了。
豬肉味噌湯定食
啤酒（大）
日本酒（兩合）
燒酒（一杯）

來，沒有豆腐跟肉的肉末豆腐。

說得好，老闆。
我開動了。

呼——呼——

怎樣，等那麼久值得吧？

好燙、
嗯，值得。

喀啦

5. 日文中「鴨子」又指容易受騙上當的人，如中文的「肥羊」。

第131夜◎跨年蕎麥麵

除夕那天
我會比平常早開店。
為什麼？
因為想在店裡跨年的
客人不少，
所以只好提早準備。

怎麼啦？

最近一時興起做蕎麥麵，不小心做太多啦。

這樣啊，謝謝。我正好可以做跨年蕎麥麵給客人。要喝一杯嗎？

不了，我還要送其他地方。

那先祝你新年快樂了。

過了一會兒——

來，老闆。送你蕎麥麵。

怎麼啦？

最近迷上做蕎麥麵了。

這樣啊，那我就收下了。
新年快樂。

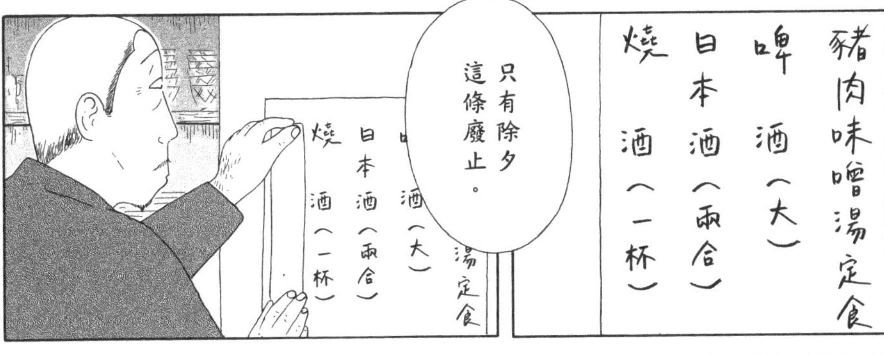
豬肉味噌湯定食
啤酒（大）
日本酒（兩合）
燒酒（一杯）
只有除夕這條廢止。

喀
啦

老闆，我帶蕎麥麵來了，親手擀的喔！

めし

最近流行自製手工蕎麥麵嗎？

因為退休啦！

退休？
很多男人退休之後就開始做蕎麥麵，還會穿專用工作服呢！
有啊，我們前上司就開了蕎麥麵店。

那種蕎麥麵店老闆都要練很久的功……
說得沒錯。

真是的。但是阿武也快要到做蕎麥麵的年紀了吧？

我過了退休年齡仍在工作啊！對了，大師……

怎麼了？

我從剛剛就一直在看，大師很不會吃麵啊！明明講相聲時吃得像模像樣的。
少管我！

上一代的小師傅啊，
有一次講完相聲去蕎麥麵店，剛看完表演的觀眾也進來了，對方卻一直盯著他看，害他根本吃不下只好離開。

哎？!

老闆，這些蕎麥麵送你好嗎？
我說不用了，但他說請我收下算幫他的忙，沒辦法只好收下。

喀
啦

大家要不要再來一碗蕎麥麵啊？

不了。
我也飽了。

什麼再來一碗，又不是「一口蕎麥麵」。

真是糟糕，其他客人快來啊！

大家好。
這就叫做天無絕人之路……

啊，歡迎光臨。等妳們很久啦！

我姊姊全家
來東京過年。

我把老公跟
女兒丟在旅館，
跟真由美一起
出來大吃。
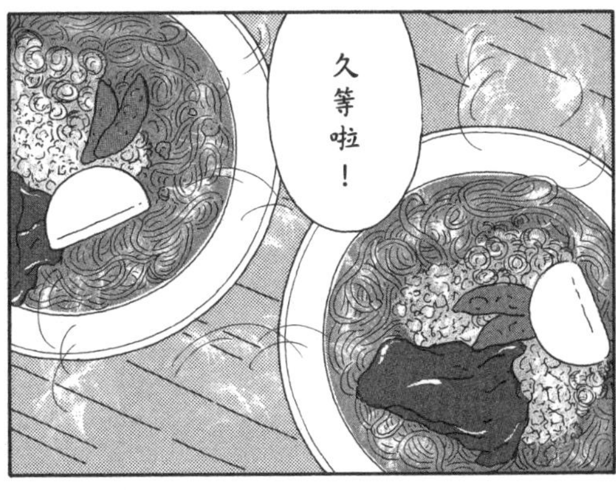
久等啦！

不用客氣，
要吃多少碗
都可以。

真由美和清美小姐，
加上後來的脆脆江。
嘶嘶
呼呼
嘶嘶
三個人把蕎麥麵
解決啦！

喔，過年啦！

咚～

咚～

新年快樂！

新年快樂！

新年快樂！

新年快樂。
唉喲，
阿順真漂亮。

他說今年
要跟我一起
過年呢！
對不對？

這帽子
不錯吧？
正月限定版。
正

新年
快樂！

新年快樂，
阿島一年到
頭都沒什麼
變啊！

今年我們三人
一起過年。
我回老家
也只能包
紅包給外甥
和姪子們。
我高中是女
校，參加同學
會就得聽別人講
老公跟小孩，無
聊死了乾脆不去。

老闆，能做鹹稀飯和年菜嗎？

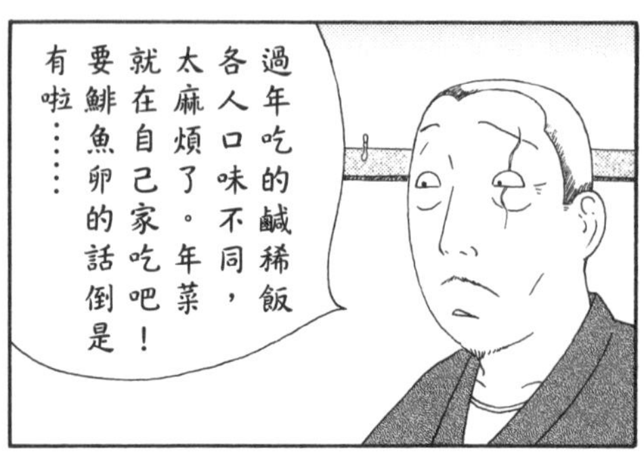
過年吃的鹹稀飯各人口味不同，太麻煩了。就在自己家吃吧！年菜要鯡魚卵的話倒是有啦……

年菜是不錯，但過新年的話，還是…

要吃咖哩！

對啦！我現在加咖哩塊，稍等一下囉。

我們開動了。
今年也請多關照了。
新年果然要吃咖哩啊！

第132夜◎高麗菜捲

冬天到了
點高麗菜捲的客人
多了起來，
我就多準備了一些，
還真花工夫。

老闆的高麗菜捲真好吃。
我偶爾也自己做，
但都做不好。

哎，阿八也
自己做菜啊？

嗯，
我單身啊。

一個人做，
一個人吃？
嗯。

不會寂寞嗎？

不會，
我喜歡一個人。

大家好。
喀
啦
脫衣舞孃麻里鈴
去關西一個月回來了。

歡迎回來。
等妳好久了，麻里鈴！

唉喲，阿忠伯，你好嗎？

才不好呢，一個月都沒看到麻里鈴的咪咪啊！
百圓
百圓

阿忠伯真是的!!
嗚～～好難受。

……

好。

啊，那是高麗菜捲嗎？老闆，我也要！

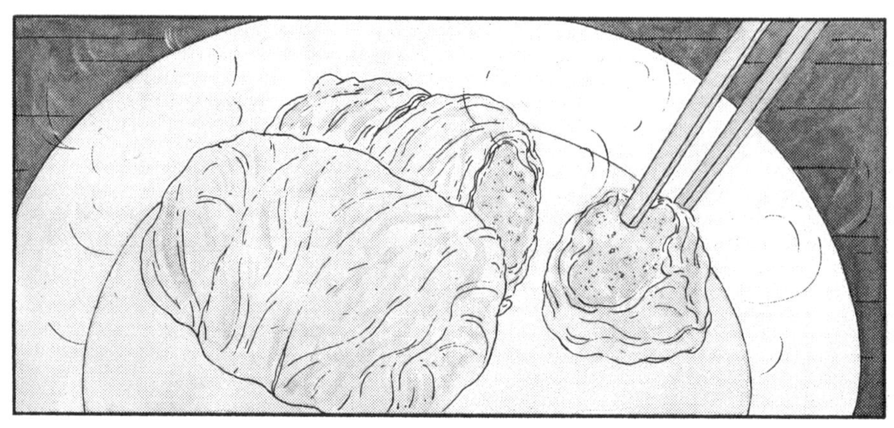

多少年沒吃到高麗菜捲了啊！這是我媽的拿手菜。但說老實話我並不喜歡。

麻里鈴的媽媽是怎樣的人？

那當然是跟麻里鈴一樣胸部很有料的美人囉！

是啊！跟我一樣胸部很大，又很漂亮，很容易陷入戀愛……
看吧！

……她跟男人跑了。

哎?!
……

大家好。
記得他嗎？
容易厭倦的麻里鈴
奇蹟似地跟他持續交往，
很會吃秋刀魚的按摩師……

好慢喔！
小幹，
要吃高麗菜
捲嗎？

嗯。

他的出現讓店裡
沉重的氣氛一掃
而空，
大家都鬆了
一口氣。
……

兩人離開後——
呼。

這我也知道啊。

阿八，兩個人比一個人好喔！

數日後——
め
し

麻里鈴怎麼啦？今天沒有表演。

她到福島去探病了。她媽媽住院了。

久等了。
麻里鈴的媽媽，不是跟男人跑了嘛？

嗯……但好像並不是音信全無……

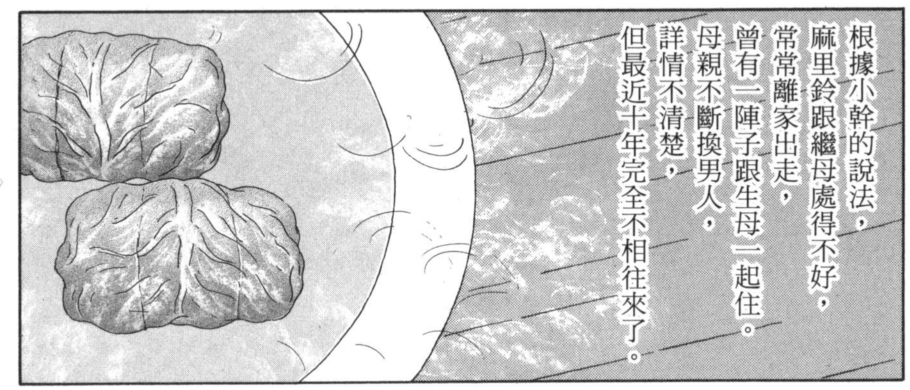
根據小幹的說法，
麻里鈴跟繼母處得不好，
常常離家出走，
曾有一陣子跟生母一起住。
母親不斷換男人，
詳情不清楚，
但最近十年完全不相往來了。

生病時態度就軟下來了。多年不見的媽媽開始跟她聯絡……
每位客人限點三杯酒

所以她媽媽情況如何？

好像不太好。

……

最近的男人運怎樣？
跟以前一樣。

沒辦法，我們容易談戀愛也容易厭倦。這是遺傳啊！

祐一先生這是我女兒麻里子，她來看我了。
您好。我母親受您照顧了。

別客氣，謝謝妳來。

交往過這麼多男人，這就是最後了吧……我恐怕活不久了。

媽……

祐一先生跟我求婚了。

哎?!
……媽媽還是這麼紅啊！

一個月後，她媽媽暫時出院，舉行了婚禮。
雖說是婚禮，只有麻里鈴他們出席，但媽媽非常高興。

老闆，你聽我說！

我跟媽媽介紹小幹，她竟然回說：「沒有更好的男人了嗎？」
哈哈，所以她在婚禮的時候一直都很不爽。

但是呢，
媽媽好幾次
低頭拜託我說，
「麻里子就麻煩
你了。」

哎……

來，
高麗菜捲，
久等了。

……好想
再吃一次啊
……

媽媽做的
高麗菜捲。

第133夜◎照燒鰤魚

田口先生一邊吃照燒鰤魚，一邊說：「我在家裡是討厭鰤魚的。」

為什麼？

以前跟我們同住的丈母娘說：「連魚都會出頭天呢！」我氣得要命，所以之後就算煮了我也不吃。

鰤魚是「出頭魚」啊。

的確，鰤魚的幼魚就是魬魚啊。

嗯，不同地區的名稱不一樣。

因為每個階段，都有不同名稱，所以叫出頭魚。魬魚再長大一點，叫INADA，還有WARASA。

並不是長大了就一定能出頭了啊！

老闆，照燒鰤魚再來一片好嗎？我很喜歡鰤魚的。

好。

田口先生回去之後——

真是意外，我以為田口先生對出頭沒興趣的。

就算沒興趣，被別人說了也會不高興的。

喀啦
老闆，今天有照燒鰤魚嗎？

剛好還剩一片。

啊，太好了。
看吧！

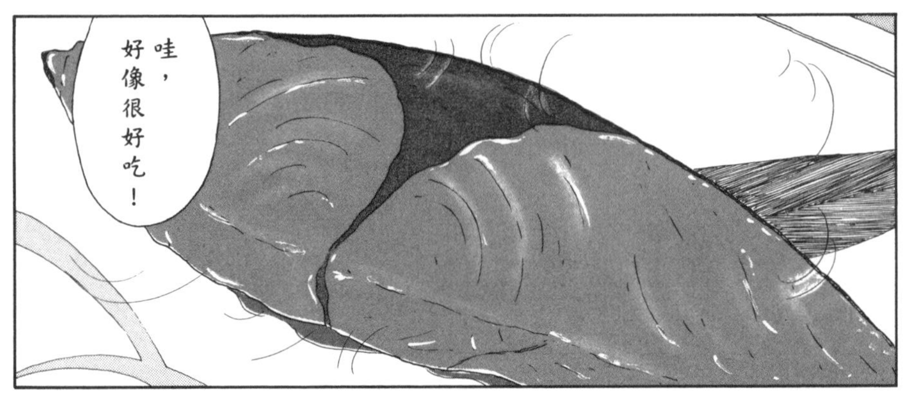
哇，好像很好吃！

老闆，我跟美鈴說了這家店，她就突然想吃照燒鰤魚配飯呢。

這樣啊，那我上白飯囉！

現在還不要，先喝一壺酒。

好。

那天美鈴小姐吃著照燒鰤魚配了兩壺酒跟一小碗白飯。

三天後——
SNACK
富
矢代

大家好！

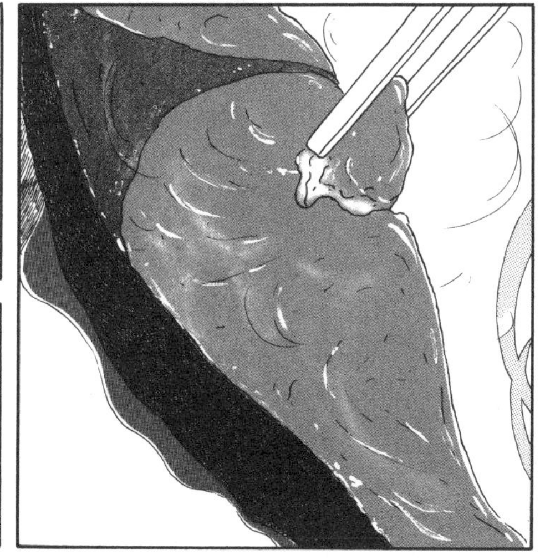

♪

妳很喜歡照燒鰤魚啊？

嗯，但在我們家是吃不到的。
為什麼？

我先生討厭，所以餐桌上沒有。

啊～～您的衣服好漂亮啊！

啊，多謝。我在代官山開店。
哎?!

有空請光臨。
啊，這裡我知道。很有名呢。
美鈴小姐開的店好像很時尚。

一週後──
很不錯啊！

為什麼拒絕啊？
我想留在作業現場。管理的職位我才不要。

還是這麼頑固。

來，照燒鰤魚久等了。
你真喜歡照燒鰤魚啊！

?!
♪

啊，所以呢？……對方怎麼說？這樣啊，我知道了。現在就去。

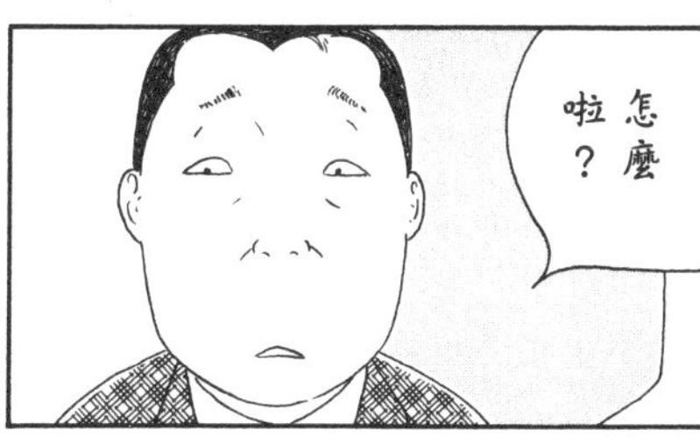
怎麼啦？

代理商來到這裡囉哩叭嗦的，我要回公司去了。

是喔……照燒鰤魚怎麼辦？
吃了再走！

田口先生急忙吃完
照燒鰤魚離開後——

那傢伙本來是我們同期最被看好的。
哎～

後來他甩了副社長的女兒，跟比他大八歲的女生結婚之後，就一直蹲冷板凳了。他應該也賭著一口氣吧。

這樣啊！

他雖然很能幹，但沒有野心。反而他老婆很會賺錢，所以就變成那樣啦。
他太太是做什麼的？

在代官山開服飾店。好像現在很紅喔。

代官山……

喀
啦

我要照燒鰤魚！

夫人！
?!

小林先生……

剛才田口也在這裡吃了照燒鰤魚呢！

……
哈哈哈，妳果然也喜歡照燒鰤魚啊！田口也是，到哪都點照燒鰤魚。

咦、他嗎?!

夫婦在一起久了，連口味都很像呢！

……

在那之後，田口先生跟美鈴小姐都沒來。大概過了一個月，田口先生一個人來了。

豬肉味噌湯定食。
今天不要照燒鰤魚了嗎？

嗯，在家跟老婆一起吃了。

這樣啊，那好！

凌晨3時

第134夜◎餛飩

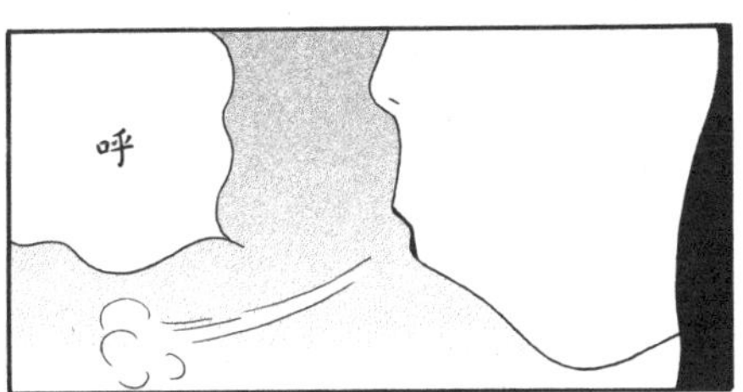

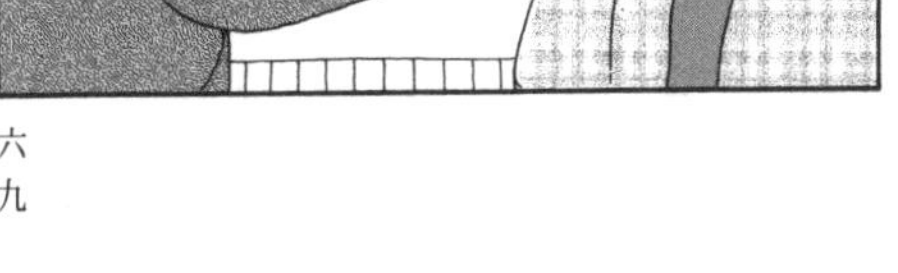

這樣吃好慢啊。

是啊，哈哈哈……

……
……

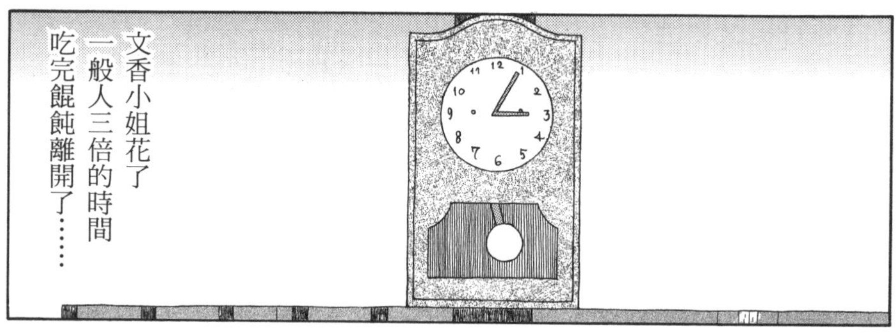
文香小姐花了一般人三倍的時間吃完餛飩離開了……

太可愛了！

喜歡上她了嗎？

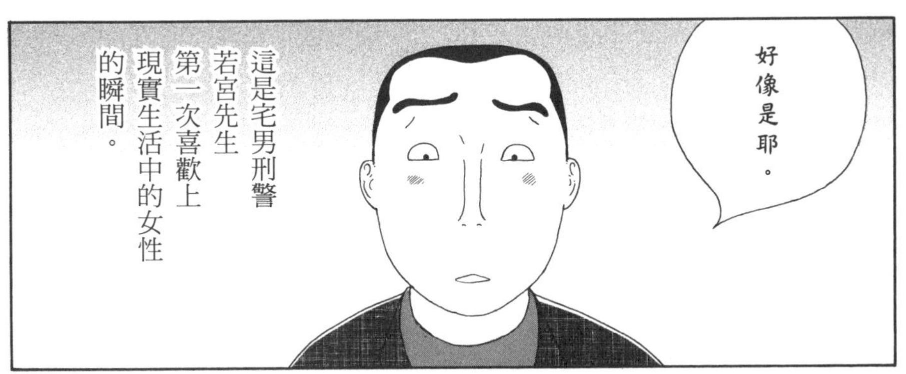
好像是耶。
這是宅男刑警若宮先生第一次喜歡上現實生活中的女性的瞬間。

文香小姐在歌舞伎町的美甲沙龍上班，因為地點的緣故，開店時間是傍晚到深夜。
HAIR
NAIL
Lure
nail salon

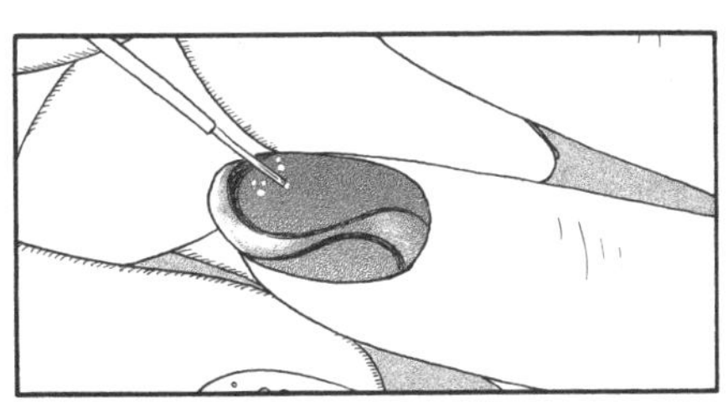

最近有去深夜食堂嗎？
有啊，前天也去了。

……我一直呼呼地吹著吃，大家都被我打敗了。

這樣吃好慢啊！

……
……

是啊……

怕燙沒辦法啊，下次去的時候叫他們不要盯著看了。

沒關係，我不介意……

……
……

是誰盯著文香看啊？

若宮啦。他好像一見鍾情了。
啊，那個宅男刑警?!

喀
啦

昨天也在這裡拚命嘆氣呢。
唔。

可惜，她沒來。

啊……
一碗餛飩。
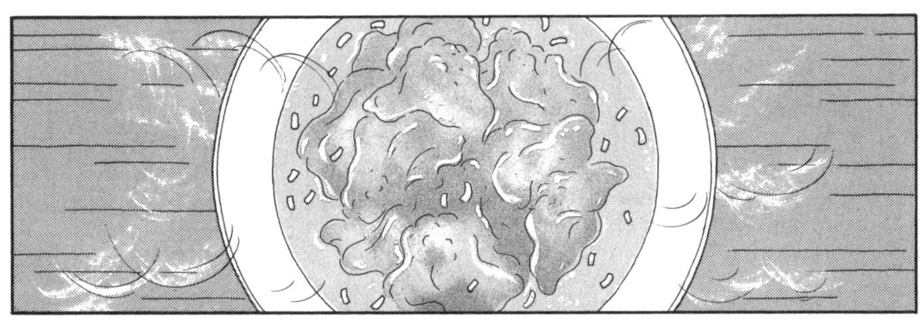

若宮先生想戀愛了嗎？

嗯，這種感覺，還是自從綾波零以來的第一次。
那是誰？

「新世紀福音戰士」裡的角色。
越說越不懂了。

若宮先生交過女朋友嗎？

交過幾次，大概都是對方來告白就交往了。但知道我是宅男後又打退堂鼓了……

你要是喜歡她，就告訴她啊！

對啊。男人就是要有破釜沉舟的決心！

若宮先生雖然是宅男，但是很帥啊！文香好像也不是完全沒意思呢。

哎，真的嗎?!

是我的感覺啦。

幾天後——
めし

我長了針眼……

嗯，要點餛飩嗎？

喀啦

啊！

那、那個……
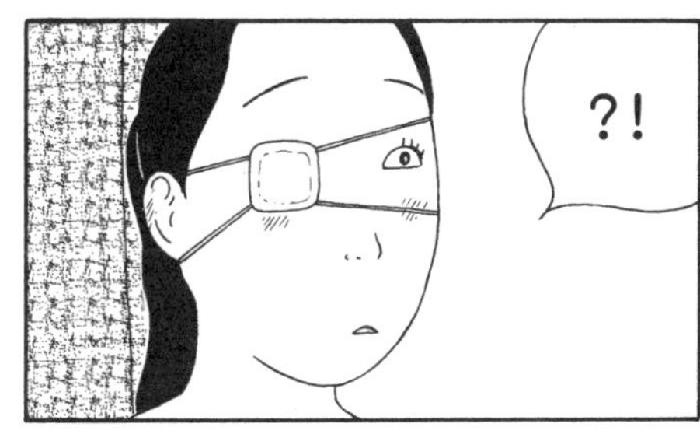
?!

……沒，沒事。老闆，一碗餛飩。

呿……
好。
豬肉味噌湯定食 六百圓
啤酒（大） 六百圓
日本酒（兩合） 五百圓
燒酒（一杯） 四百圓

久等了。
我開動了。
哈哈
呼呼
我知道啦，吃完了我會說的。

……然後關鍵時刻
終於到來。

我吃飽了。

那、
那個～～

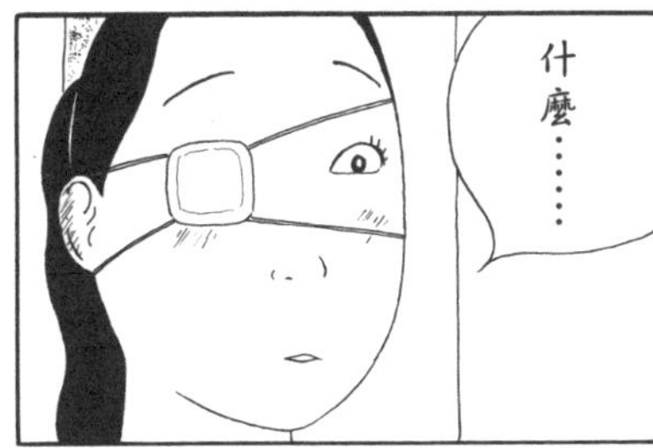
什麼……

♪

……好，
我知道了，
立刻就去。

？

抱歉，
老闆，
算帳。

若宮離開後……

他是警察。
警察！

對文香一見鍾情呢！
他說下次見到妳，要跟妳告白呢。

怎樣，若宮人很好喔。

……

一星期後，若宮滿臉絕望地到店裡來了。
Waikiki
新宿

她好像有男友。今天我沒當班，到中野百老匯看模型公仔。看到她跟帥哥很高興地在一起……
哎?!

喀
啦

啊，你在，太好了。
?!

你誤會了。那是我弟弟，他剛剛搭夜間巴士回廣島去了。我弟弟是宅男，超迷模型公仔的。

這樣啊……太好了。

宅男不行嗎？
不會啊！

嗯，春天快到了吧。

ショクドウ
深夜食堂
シンヤ

第135夜◎CHINJAOROSU

不管幾歲，
只要碰面就回到那
個時候。
學生時代的朋友
就是這樣吧！

大盤青椒肉絲，久等了。

開動啦！

就是這個！
好吃！
嗯～～
他們是大學研修課程的同學，學生時代組了一個叫做「CHINJAOROSU」的樂團。到店裡來也都點這個。

老闆，這傢伙上個月結婚了。五十歲第一次結婚！
才四十九啦！

真是恭喜了。

老實說，沒想到小谷會結婚。而且跟小他十二歲的漂亮小姐……

嘿，我也這麼覺得。我真是太幸福啦！

呿。
嘿嘿嘿。
呿。

對不起，我遲到了。老闆，CHINJAOROSU。
喀啦

好
這位也是「CHINJAOROSU」的成員。

這位遲到的松木先生說了讓大家大受打擊的話題……

……我今天看到了一個非常糟糕的東西。

啥？
哎？

亞美出現在熟女影片的網站上。

咦……

亞美也是研修課程的同學，跟他們一起來過店裡幾次，她是「CHINJAOROSU」的主唱。
現在是大學教授夫人，先生是研修課程的學長金井先生。

應該說是跟亞美長得極為神似的女人。

你竟然看這種網站……豔麗熟女……
……

叫什麼的網站？
豔麗熟女。

這個吧！
変換

是亞美！
呃……
對吧?!

但是會不會太年輕了？
老闆你覺得呢？

嗯……
說像是很像啊！

唉……嘴角也一模一樣。

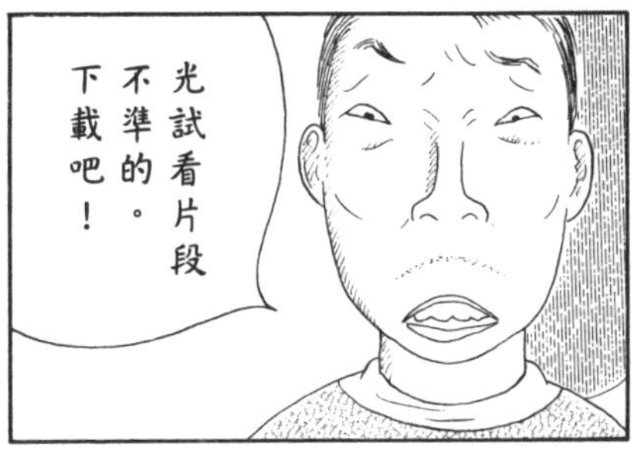
光試看片段不準的。下載吧！

哎?!

等一等，我還沒做好心理準備。

我也是。
我也是。

就是啊……

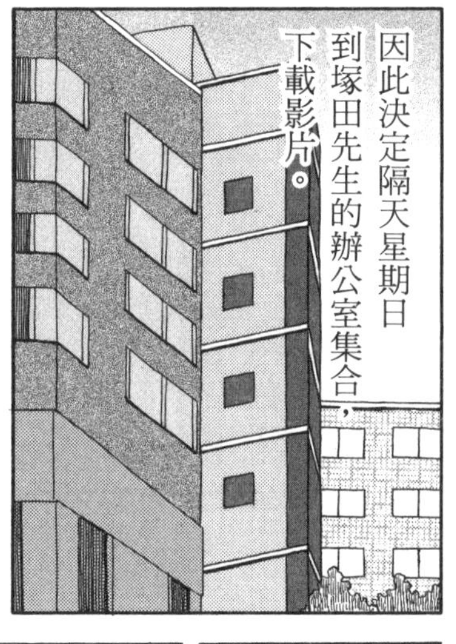
因此決定隔天星期日到塚田先生的辦公室集合，下載影片。

是亞美啦！
嗯……
不，亞美的胸部更大吧?!

我也這麼覺得。胸部還要……

年紀大了會變小，因為生過孩子。

是啊，已經四十八歲了耶……太厲害了……

嗚……有痣。大腿內側。

真的。
有耶……

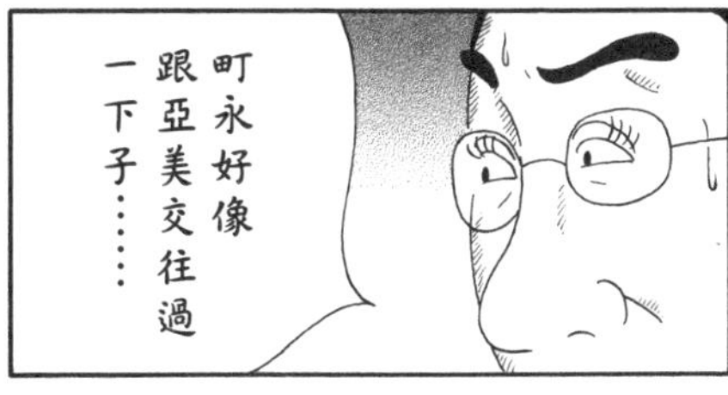
町永好像跟亞美交往過一下子……

什麼~~這樣啊！

什麼~有這件事嗎?!
快打電話給町永~！

蒙特婁現在幾點？
嗶
他們打電話到加拿大蒙特婁，跟另一個樂團成員町永先生確認。

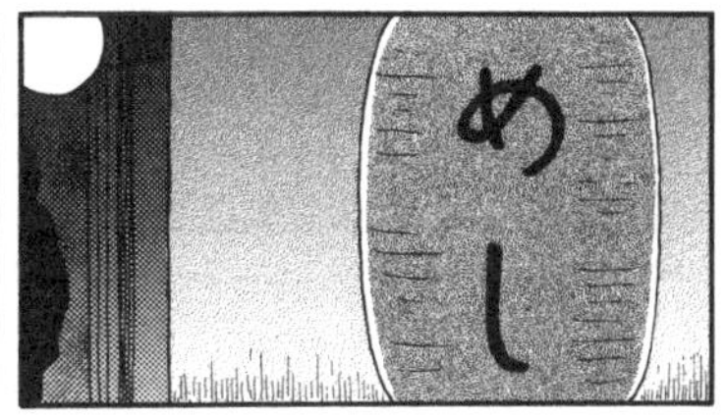
めし

所以怎樣？

沒輒。
那傢伙其實沒跟她睡過。
那個笨蛋。

……果然
還是得問她先生
金井了。

不行啦！

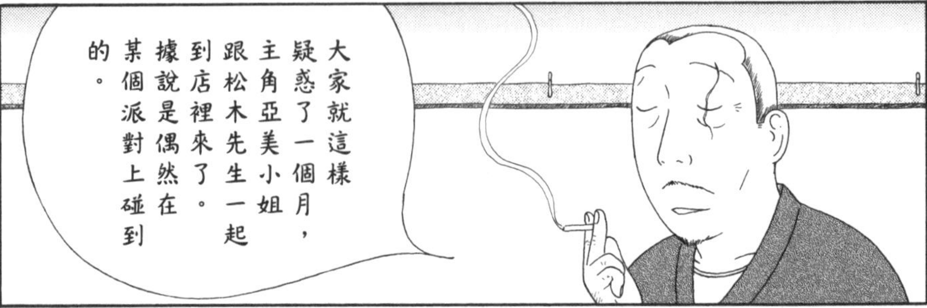
大家就這樣
疑惑了一個月，
主角亞美小姐
跟松木先生一起
到店裡來了。
據說是偶然在
某個派對上碰到
的。

我要
CHINJAO-
ROSU。

喲，好久不
見了，亞美
一點都沒變。

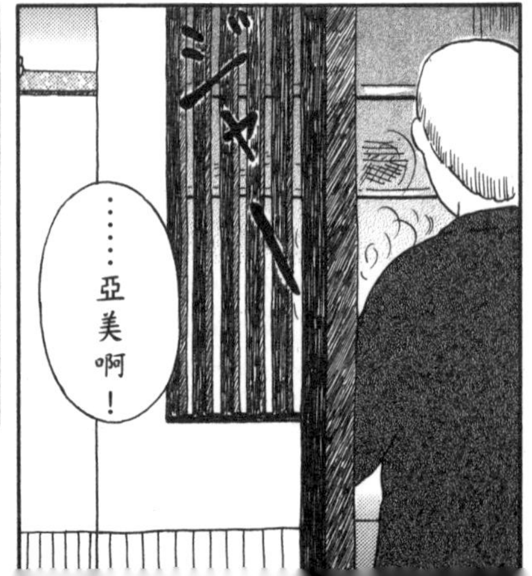
……亞美啊！

我問妳一個奇怪
的問題。妳大腿
內側是不是有
痣？
什麼啊?!

我在熟女網站上看見有痣的女人，跟亞美長得一模一樣。

松木會去看那種網站？真討厭。
不、不是，是塚田……

對不起，因為真的太像了。
真是的，你們都幾歲了……我才沒有什麼痣呢！

哎？沒有嗎？啊～～太好了！鬆了一口氣。

要是我有痣的話，你怎麼辦？

我當然會很震驚啊！有人看了之後就一蹶不振了呢。

好像解決啦。來，久等了，青椒肉絲。
哇～我開動了。

我打電話跟大家說，讓他們安心。

邀大家有空來我家玩吧。我老公也很想見你們，還有夏威夷的紀念品。

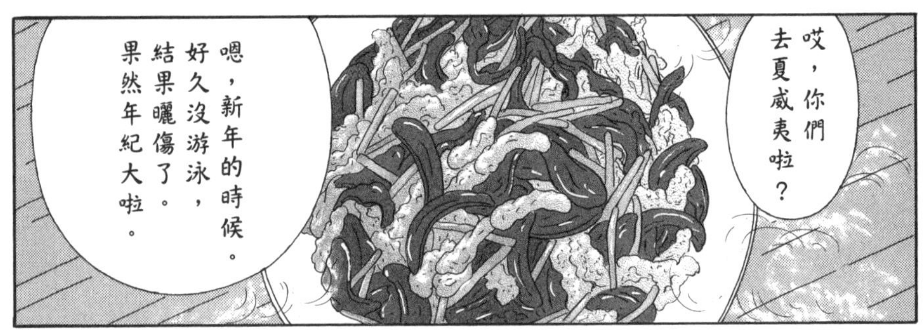
哎，你們去夏威夷啦？
嗯，新年的時候。好久沒游泳，結果曬傷了。果然年紀大啦。

……難道是穿比基尼？

對。就快不能穿啦，哈哈哈。

啊啊、還要……

比基尼的曬痕……
看來謎團果然解決啦。

第136夜◎黃芥末油菜花

吃油菜花
就像是在品嚐春天。
武藤先生是這麼說的。
這個季節常有人點
黃芥末油菜花，
可能是想早點
感覺到春天吧！

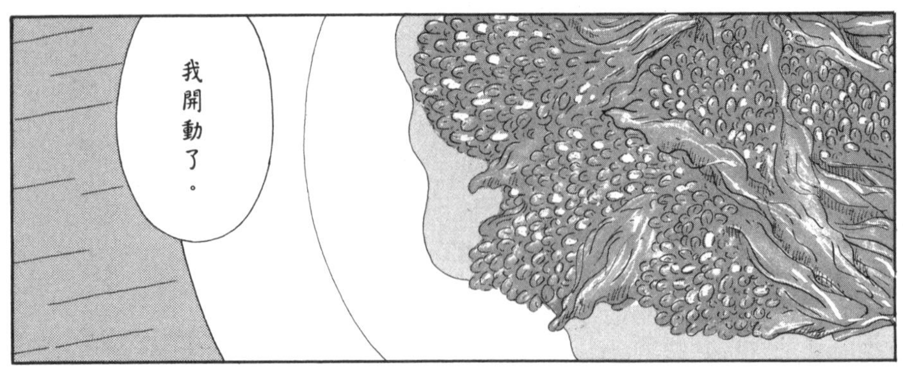
我開動了。

♪

菜乃子，味道如何？

好吃。

妳真的叫做「菜乃子」？

……啊，就是跟油菜籽同音的菜乃子。

春天裡，有個來鄉下阿媽家住叫做阿真的小男孩。阿真總是自己一個人玩，有一天他在油菜花田裡，認識了一個小女孩。

那個小女孩
就叫做「菜乃
子」。

哎～

在那之後
阿真每天都去油菜
花田，跟菜乃子一
起玩捉迷藏什麼的。
……但是有一天，
菜乃子不見了。
阿真發現
一片黃色的油菜
花田不知何時變
成了綠色。

阿真呆呆地站在
一朵花都不剩的
菜田裡，
一隻紋白蝶
繞著他飛舞……

一直飛、
一直飛、
一直繞著他
飛。

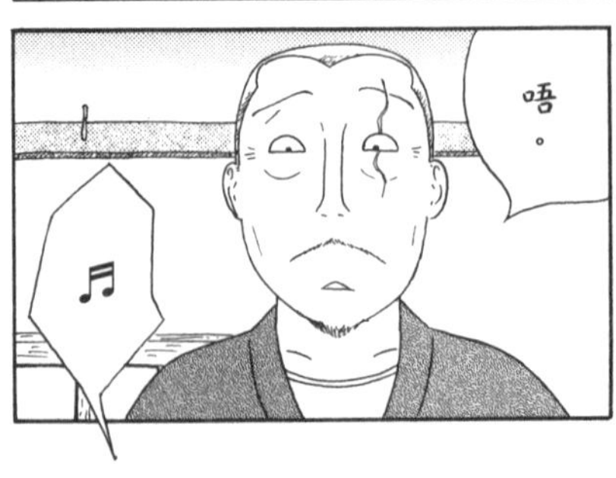
唔。
♫

……嗯，知道了。大概十分鐘就過去。掰掰。

老闆，算帳。
好。

BAR CARNATION
MIKIKO
菜乃子就像紋白蝶一般飛奔出去……

那孩子真可愛啊！雖然不是美女，但非常討人喜歡。

她是去跟男朋友見面吧？她說他在一丁目的公司打工。

他們在鄉下就交往，男朋友來東京求學，她就追來了。

嗯～年輕真好。

一個月後——

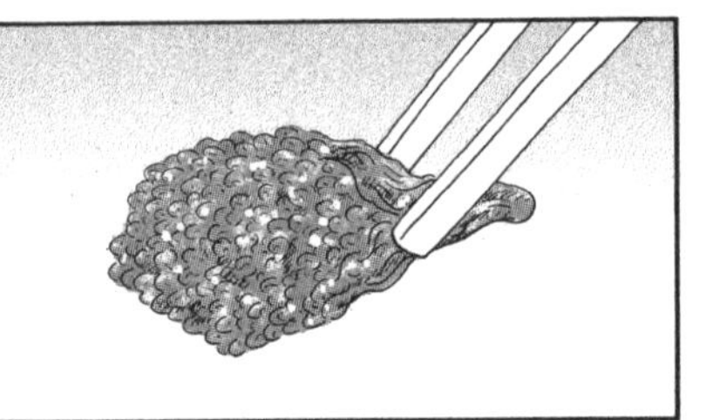

油菜花的季節差不多結束了吧？
嗯……

喀
啦

……

?!
菜乃子……

還有黃芥末油菜花嗎？

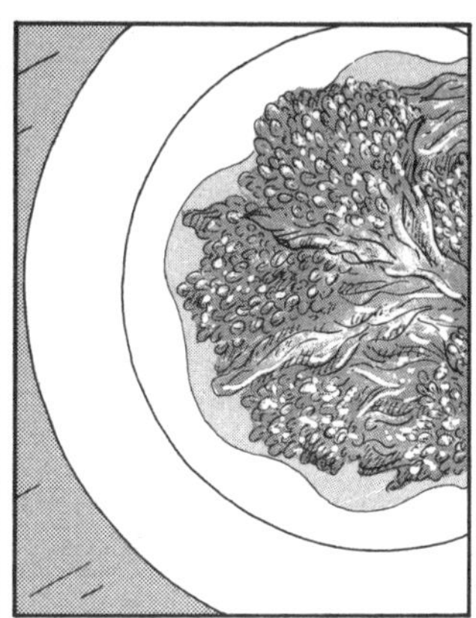

……嗚

嗚～……

菜乃子好像被男朋友甩了。
他喜歡上打工認識的女生，
就跟菜乃子分手了。
我和武藤先生
都不知該怎麼安慰她才好。
哇～

三點多的時候，
武藤先生叫計程車
把哭累的菜乃子
送回家了。
Tennen

之後過了
三個月——
OLD
回れ右
芋
NoMe
新宿ゴールデン街

晚安。

喲，菜乃子啊！好像復原啦？

是的。那時給您添麻煩了，不好意思。
沒事的。

那位……叫計程車送我回家的先生，我也想跟他道謝。

武藤先生啊？他去了澳洲。……對了，武藤先生託我給妳的。

這是最近新出的書。
菜乃子小姐收

是什麼呢，真是謝謝他了。

哇，
是菜乃子！
油菜花田裡的
TAKEHUJI KAORI 文・圖

好懷念
喔!!

太好啦！
嗯！

……咦?!
結局變了。

多年以後
阿真長大了，
再度在春天的時候
回阿媽家……

怎麼回事？

油菜花田裡
一個小男孩
跟一個小女孩
玩得很開心。

阿真也想起了
自己小時候
一起玩耍的
那個小女孩。

第137夜◎紅豆湯

或許有人白天的面貌
跟夜晚的面貌完全不同。
我本來就只看過大家夜晚的面貌，
店裡的客人白天怎樣，
我完全不知道。

久等了。

還可以再做一份，吃完再說吧。

不，這樣就夠了！這裡真的不管點什麼都能做呢？

誰說的啊？
「舞姬」的經理喔。

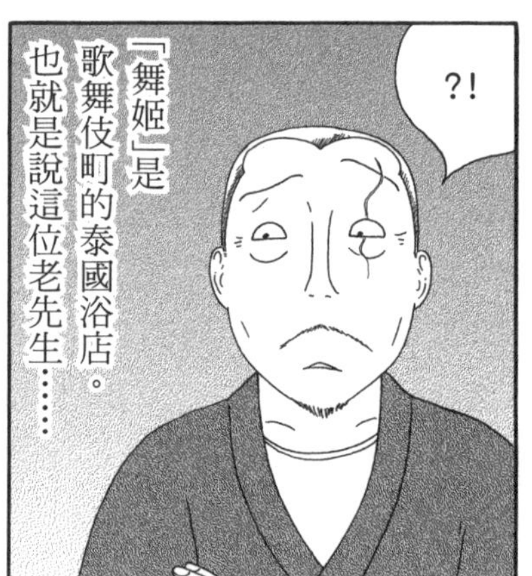
?!
「舞姬」是歌舞伎町的泰國浴店。
也就是說這位老先生……

消耗體力之後，就會想吃甜食呢，嘻嘻。

歡迎光臨。
喀
啦

果林小姐是單親媽媽，
兼差當酒店小姐。
下班之後偶爾
會到店裡來放鬆一下。
她白天好像在超市工作。
呼……
好累。

工作太辛苦啦，果林。替妳做點增進精力的東西吧？
也好……
呼—呼

好燙。

老闆，有紅豆湯嗎？

有，這位客人帶了紅豆罐頭來。

老闆，給這位小姐來一份吧！

哎?!
感謝您。

哪裡，我對美人都很親切的。而且我們這裡都有痣。

唉呀，真的耶！

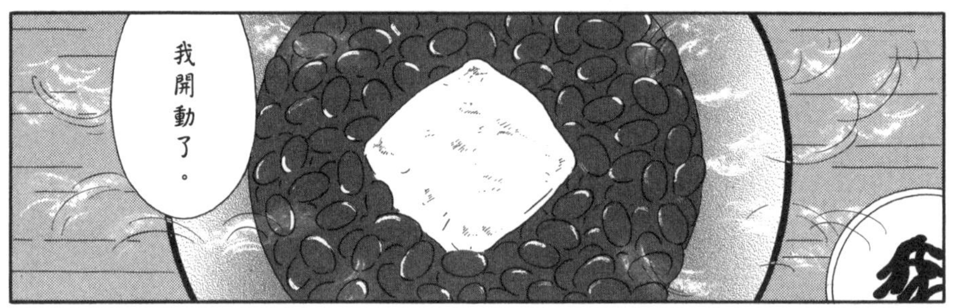
我開動了。

呼。

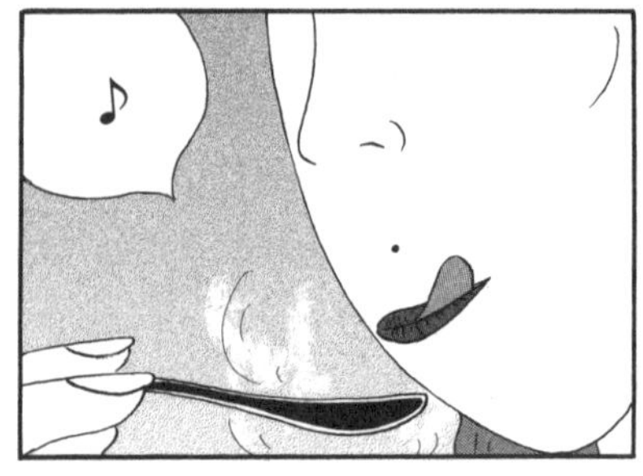
♪

喲。

啊，請問您在哪上班啊？
不好意思。

請隨時光臨。

夜總會啊……泰國浴的話我每天都去呢！
啊?!

能跟這樣的美人喝酒，我一定會去的。

請多關照。

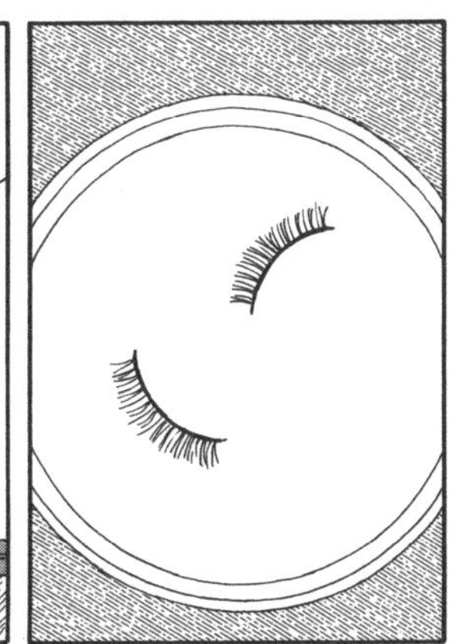

♬

唉呀，吵醒你了？對不起。

阿涉，要有自信。只要抱著平常心，一定沒問題的。

沒有，我睡不著。
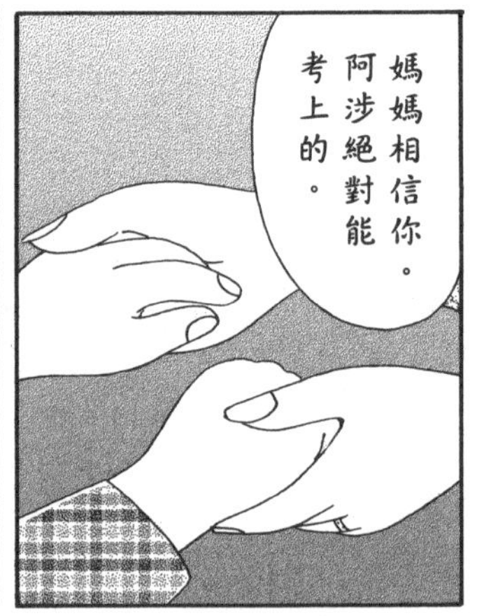
媽媽相信你。阿涉絕對能考上的。

……

不要擔心，放鬆心情閉上眼睛，就能睡著了。

……嗯，我知道了。媽媽，晚安。

晚安。

二月初——
果林，有什麼好事嗎？

嗯。我兒子考上第一志願的私立學校了。

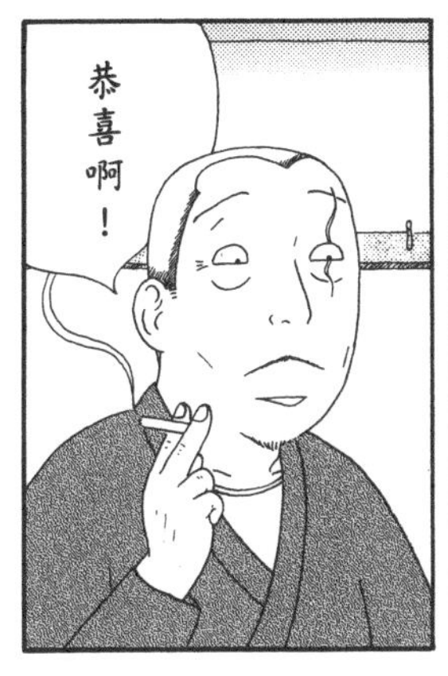
恭喜啊！

從現在開始會更辛苦就是了……對了，老闆，在那之後「紅豆湯阿公」有來過嗎？
沒有，就那一次。

他去我們店裡，我那天休假，但店裡的女孩說他一直纏著人，「讓我上，讓我上」沒完沒了的。

哎～～
於是，年輕的女孩生氣打了他。

啪
結果他的假髮竟然歪了，真是糟糕。

那果然是假髮啊……

難道是這裡有顆痣，戴眼鏡的色老頭？
對，就是他！

那個老頭纏人超級出名的。好幾家性幻想俱樂部都禁止他出入了。

那種人就算拉客的也不會找他。就是個色老頭吧！

我知道，泰國浴小姐也討厭那種，又纏人又愛亂來的。

的確一副色瞇瞇的樣子。
就是色老頭的代表。
真的。

大家好。

時機真是太巧，
大家都很有默
契地噗哧一笑。
嘿。
噗。

消耗體力之
後，就會想吃
甜食呢……

三月中，
果林帶著兒子
到考上的學校
去報到參觀。

媽媽，
那是校
長喔！
啊，那
得去打
招呼。

我們姓篠
田，四月
開始就要
受您關照
了。
你們好。

……
……

?!

我很期待，請好好加油喔！

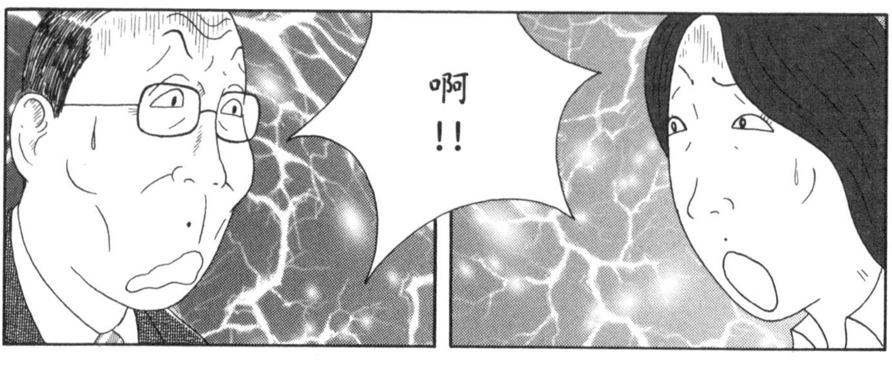
啊!!

哎……那個色老頭啊！

還真有白天和晚上的面貌差這麼多的人。
就是啊！雖然我也不好說別人就是了。

要是沒有痣我還真認不出來。

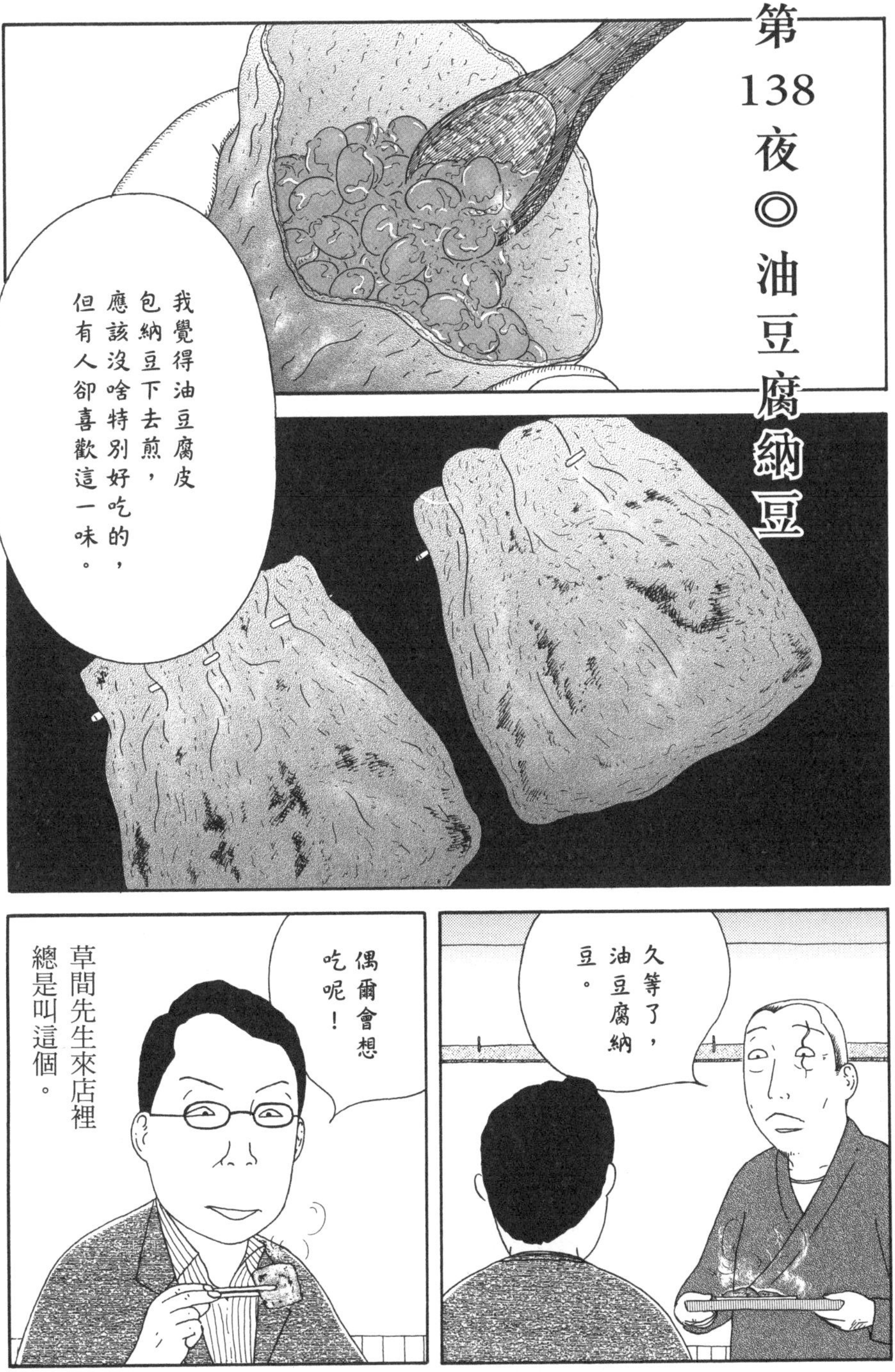

第138夜◎油豆腐納豆

我覺得油豆腐皮包納豆下去煎，應該沒啥特別好吃的，但有人卻喜歡這一味。

呼呼
以前偶然出現在店裡的女明星
風見倫子說，
草間先生是某電視台的
厲害製作人，
也是個有名的花花公子。
但是他總是
一個人來店裡。

嗯……
你很喜歡那個吧？

年輕的時候一點都不覺得好吃，最近很奇怪，覺得好吃起來了。是我年紀到了吧！
說什麼啊，你才四十五六歲吧？

歡迎光臨。
喀啦

大家好。
這對夫婦是在職安街開居酒屋的
阿政與比他年長的老婆阿節。
他們在關店之後，
偶爾會過來喝一杯。

老闆，兩碗豬肉味噌湯，還要醃白菜。
再加一瓶啤酒。

好。

……

要不要吃咖哩豬排呢？
不行，會更胖啦！

阿節！

?!……阿伸……

草間先生和阿節竟然以前曾是夫妻。
他們離婚已經將近二十年了。

啊，真是出人頭地了，完全認不出來呢！

這位是草間伸夫，我的前夫。
是。

初次見面，我是小西。
這是我先生。

啊，您好。我是草間。

那是油豆腐納豆嗎？阿伸以前不是討厭吃這個？

嗯……最近對食物的喜好改變了。這很好吃呢！

這樣啊，我們店裡有這道菜喔！職安街的「阿節」居酒屋，請務必光臨。
喂，別這樣……

糟糕，我在別人的店裡拉客了。

對啊，妨礙我營業啊！

老闆，對不起。這人真是……

不好意思，對不起。

哈哈哈，阿政心直口快呀！

嘿嘿。
真是，太口無遮攔了。

數日後——

……

一起去夏威夷吧？
哎？喔……

……
……

真高興。可以買新的泳衣了。

今晚要住我那兒吧？

不了，今天就……

喀啦
喀啦

歡迎光臨。

……
……

唉喲，阿伸，你來啦！
ぐろぶつ

啊，歡迎。你還特地跑來不好意思。請坐。

我有點迷路。

嘻嘻，還是不太會認路呢！

俗話說溜掉的魚比較大，是真的呢！

你說阿節嗎？
嗯。

阿節自從跟阿政在一起以後，整個人都開朗起來，煥然一新呢！

這樣啊……

在那之後
草間先生
偶爾會去阿節的店。
進入梅雨季之後，
草間先生很稀奇地
帶了一個男人
到店裡來。
えりか
BAR
everyday

老闆，最近阿節他們都沒開店，是怎麼啦？

啊，阿政生病住院了。

阿節一直在醫院照顧他，現在好像好多了。她說下星期會一個人開店。

這樣啊……

草間，這是個好機會啊！趁機破鏡重圓？你不是很厲害嗎？

嗯……

……

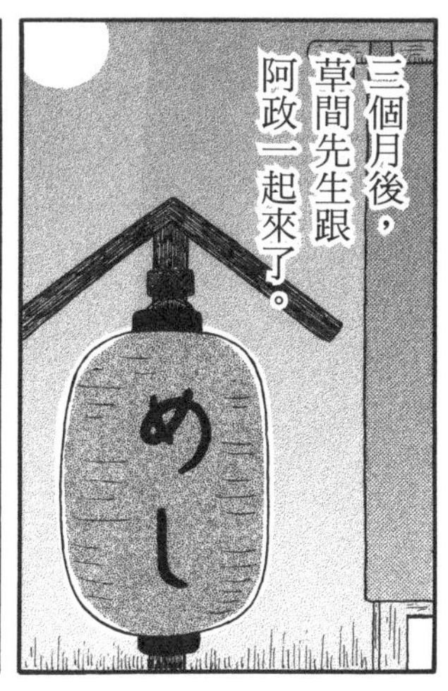
三個月後，草間先生跟阿政一起來了。
めし

阿政完全康復，而且瘦了一大圈，判若兩人。

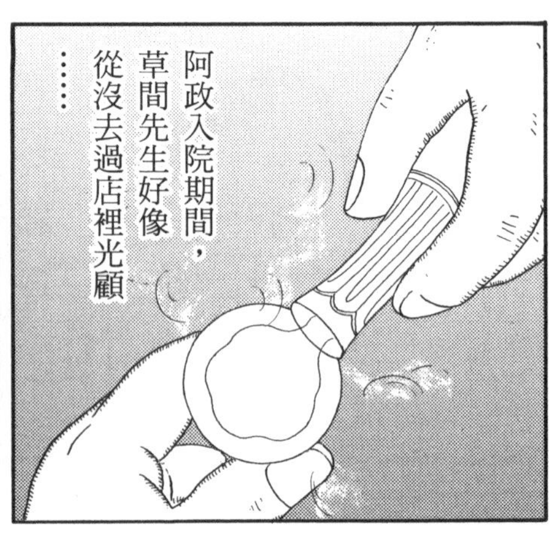
阿政入院期間，
草間先生好像
從沒去過店裡光顧
……

不過，草間先生
介紹了很多人去
捧場。真是令人
刮目相看呢！

真的非常感謝。
請跟以前一樣
常來店裡坐坐
吧，阿節也等你
光臨呢！
啊，
多謝。

糟糕……
我又來了。
老闆，
對不起。

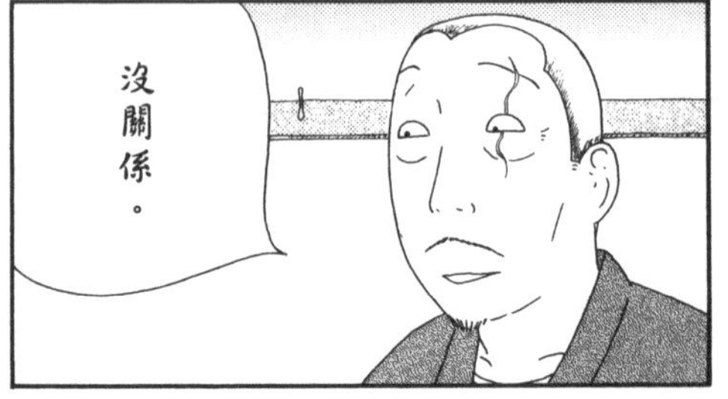
沒關係。

來，
油豆腐納豆，
久等啦！

第139夜◎可樂餅蕎麥麵

我很想跟客人說，蕎麥麵去蕎麥麵店吃啊！店裡的蕎麥麵是用乾麵條，湯底也是市面上賣的麵醬油而已。但是還是有人來店裡點蕎麥麵。就是這個人……

藤本這麼年輕
就當上社長了。
他說是網路
相關的小公司，
我是完全不懂啦。

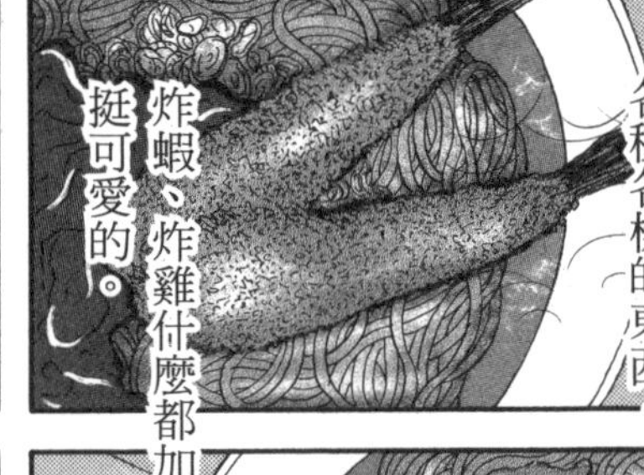
總而言之，他喜歡在麵上加
各種各樣的東西。
炸蝦、炸雞什麼都加，
挺可愛的。

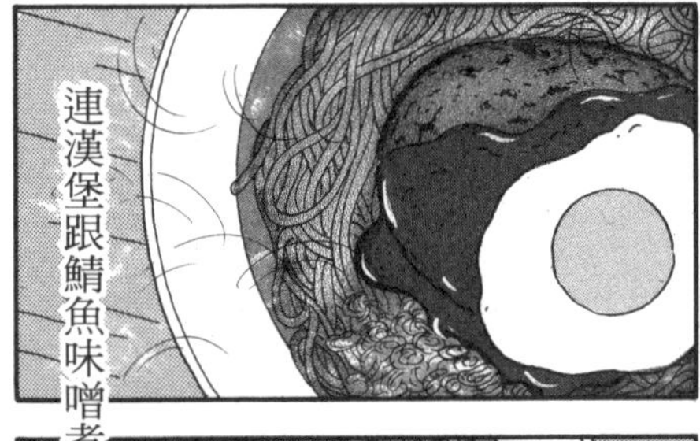
連漢堡跟鯖魚味噌煮都加呢！

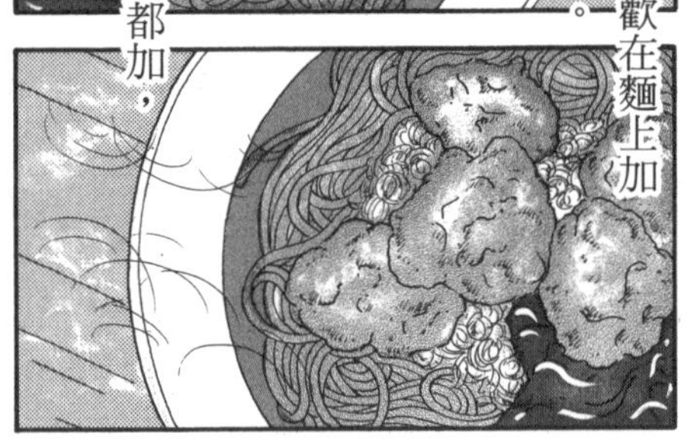

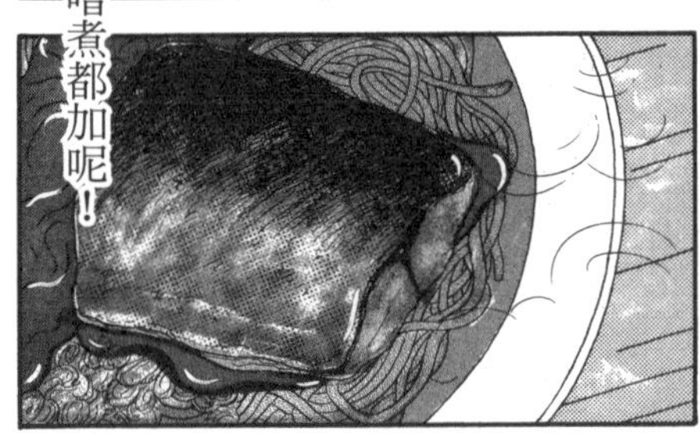

最近你都
不再要求
加各種有
的沒的啦？

因為我發現，
還是可樂餅跟
蕎麥麵最合啊！
而且要剛炸好的。

真搞不懂，要放炸的食物，天婦羅不是更好？

不，這樣吸飽了湯汁的可樂餅才好吃呢！你不懂啦。

是不懂。
嗯。
豬肉味噌湯定食 六百圓
六百圓

花園三番街

這是我們公司的新人村上。他說沒吃過可樂餅蕎麥麵，所以我就帶他來了。老闆，要雙份的兩碗。

知道了。

我開動了。

怎樣？
比我想像中好吃多了。

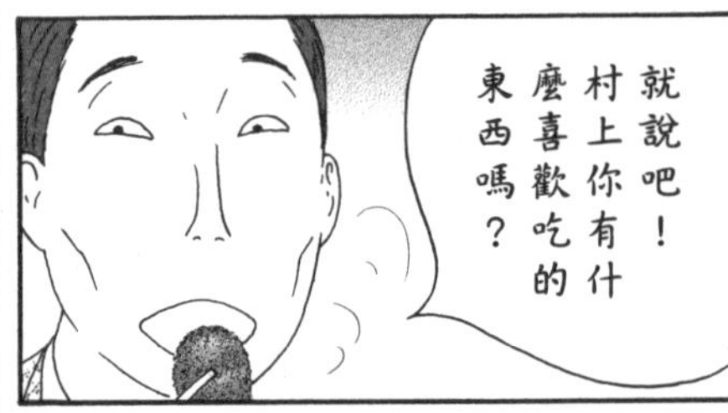
就說吧！村上你有什麼喜歡吃的東西嗎？

這麼說可能很奇怪，我喜歡熱的醃菜。

熱的醃菜?!

我媽不做飯，所以我都是吃便利商店便當。他們的便當都要微波加熱不是嗎。所以醃菜也是熱的了。

令堂在做什麼？
打小鋼珠、白天就開始喝酒……

那種就叫做惡毒父母吧？沒事就隨便打小孩……

……
……

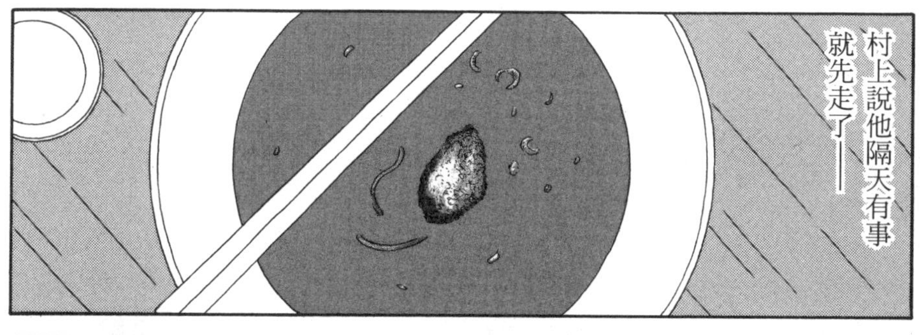
村上說他隔天有事就先走了——

惡毒父母啊……

……小時候我媽在製麵工廠上班，每天不是吃蕎麥麵、就是烏龍麵……

各種各樣的父母都有啊……

一星期一次媽媽會說：「隆一，去買可樂餅，要剛炸好的喔！」

阿姨，兩個可樂餅，要剛炸好的。

現在幫你炸，等一下喔。

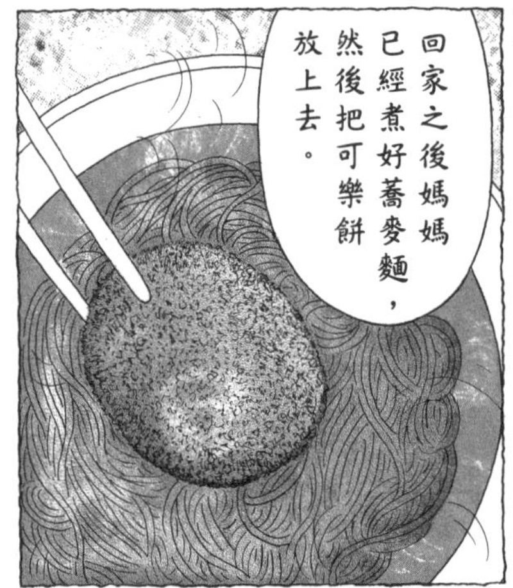
回家之後媽媽已經煮好蕎麥麵，然後把可樂餅放上去。

我開動了。

雖然很窮，但那個時候最幸福啊……

嗯。

我媽再婚以後，辭掉工廠的工作，我完全忘記可樂餅蕎麥麵了。之前在這裡看到別的客人吃可樂餅，突然就想吃了。

然後也點了當時太貴吃不起的炸蝦、炸雞之類，試來試去，我還是最喜歡可樂餅。

原來如此。

令堂現在怎樣了？

嗯……她在群馬縣，好像過得不錯。

在那之後過了大約一個半月，藤本都沒到店裡來。
めし

最近藤本怎麼啦？
啪哩

社長嗎？他弟弟出車禍，好像陷入昏迷，他常常去群馬。

哎?!

喀
啦

藤本……

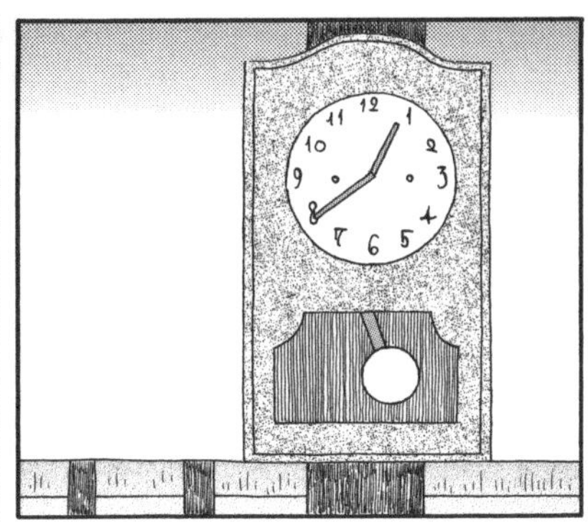

……我媽
完全變了一個人。
再婚之後生了弟弟，
就完全不管我了。
她眼裡只有他。

我使盡渾身解數，
想辦法讓媽媽注意
到我，但完全白費
工夫。結果我們大
吵了一架，我就離
家出走了。

現在就算
回去盡心盡力
也不可能挽回
什麼啦！

……要是我
能代替他就
好了。

就是啊
……

藤本，替你炸可樂餅好嗎？

哎？嗯……
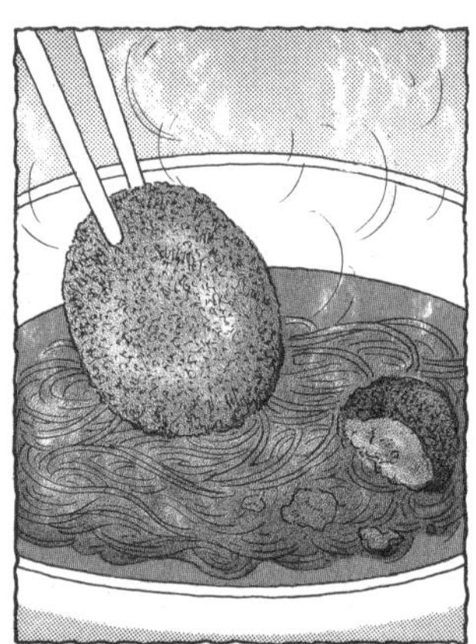

?!

沒關係，媽媽的也給你吃。

謝謝。

……已經無法回到那時候了啊！

第 140 夜 ◎ 奶油馬鈴薯

我開動了。

野島先生喜歡在奶油馬鈴薯上
加鹹辣醃烏賊。

他本行是畫家，
還在美術大學跟預科教書。
他女朋友露娜是翻譯，
同時也是語言學校的老師。
他們倆是在巴黎認識的。

露娜小姐不喜歡鹹辣醃烏賊嗎？
對。

我不喜歡。但是我已經可以吃納豆了。

因為她看見我每天早上吃納豆吃得津津有味啊！
沒錯，真尼最喜歡納豆了。

真尼?!

真尼?!

兩人離開後——

什麼真尼啊？
野島先生叫做真之吧。

他長得可不像真尼，比較像馬鈴薯吧。

沒錯。為什麼美女都要配野獸；不對，美女為什麼跟馬鈴薯在一起啊！

兩個人在巴黎墜入愛河，野島先生回國之後，露娜小姐追到日本來呢！

哎？是倒追？

搞不懂。完全搞不懂。

十天後——

呼……

今天一個人嗎？

真尼晚點來。

那個——真尼，不對，野島先生到底哪裡好啊？
喂。

日本男性都愛問這種問題。真尼的心靈非常純淨。所以眼神也非常清澈。我沒看過眼神比他更清澈的人。

眼神啊……

我被男人背叛，哭個不停，真尼靜靜地在旁邊守護我，對我伸出援手。

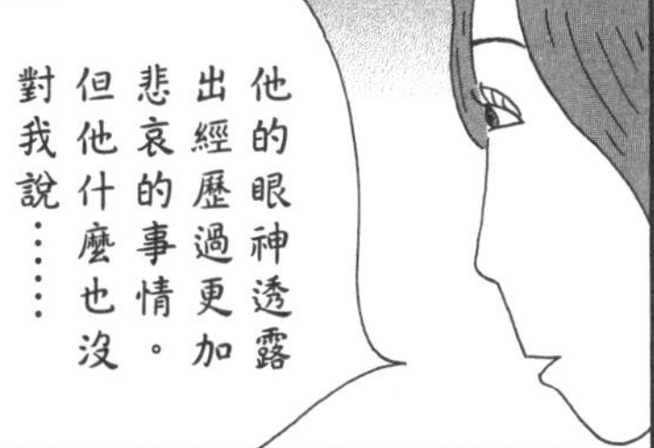
他的眼神透露出經歷過更加悲哀的事情。但他什麼也沒對我說……

……
……

喀
啦

大家好。

露娜，這是我
高中學弟仲田。
在黃金街口碰
到的。好多年
沒見啦。

有十三年了。
我是仲田，
請多指教。

初次見面，
我是露娜。

野島先生，
有這麼漂亮的
女朋友真是
太好啦！
哪裡
……

老闆，三個奶
油馬鈴薯。
我跟他的要加
鹹辣醃烏賊。

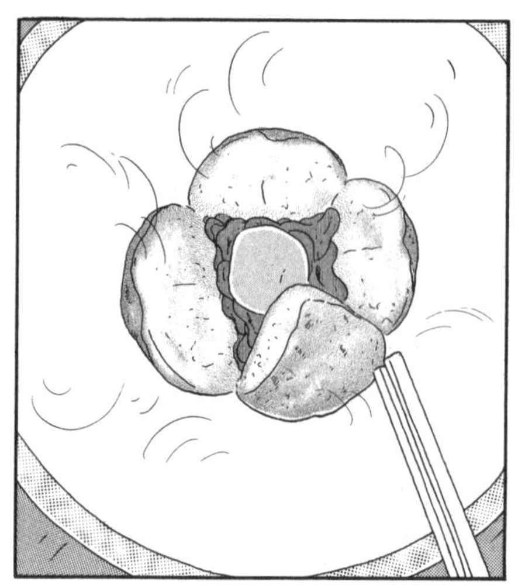

好。

這種吃法我是在他家學到的。
這樣啊！

我爸老家在北海道，我家的奶油馬鈴薯都是這樣吃。我姊姊一口氣可以吃兩三個……

啊，對不起。

……沒事，沒關係。紗江子好嗎？

我姊姊回娘家了。她跟大宮先生好像處得不好……

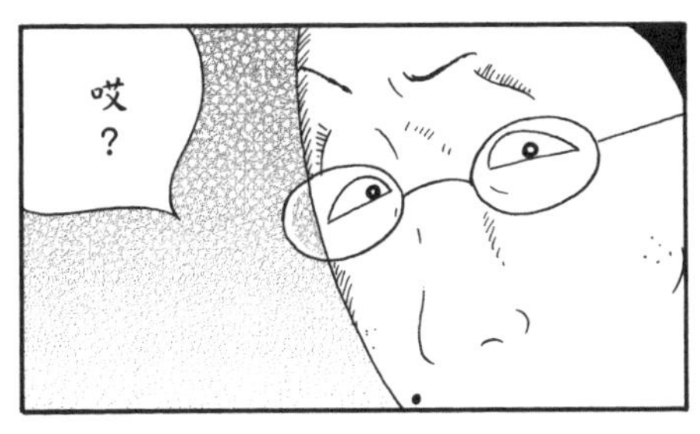
哎？

……
……
一向不動如山的野島先生，臉色瞬間暗了下來。我有不好的預感……

兩個月後
新宿ゴールデン

……

我看見了！
めし

野島先生跟穿著和服的大美人熟女共撐一把傘走到賓館街了！

啥？那個禿頭混蛋！

喀
啦

歡迎光臨。

今天我是來跟各位告別的。明天我要回法國了。

怎麼啦……
真尼最愛的不是我……

野島先生去巴黎的原因之一，就是因為失戀。對象是仲田的姊姊紗江子小姐。
紗江子小姐甩了野島先生，跟野島先生的好朋友大宮先生結婚，……紗江子小姐是非常適合穿和服的美人。

三星期後——

紗江子小姐跟老公
破鏡重圓，
野島先生孤伶伶的了。

阿北跟八郎好像
高興得不得了。

不受歡迎的男人
真差勁啊……

第141夜◎炸白肉魚

炸白肉魚
是海苔便當的主角。
吃著吃著有天會突然想起
「這白肉魚到底是什麼魚
啊？」

老闆，有炸白肉魚嗎？
喀啦

有啊，正好在聊這道呢。

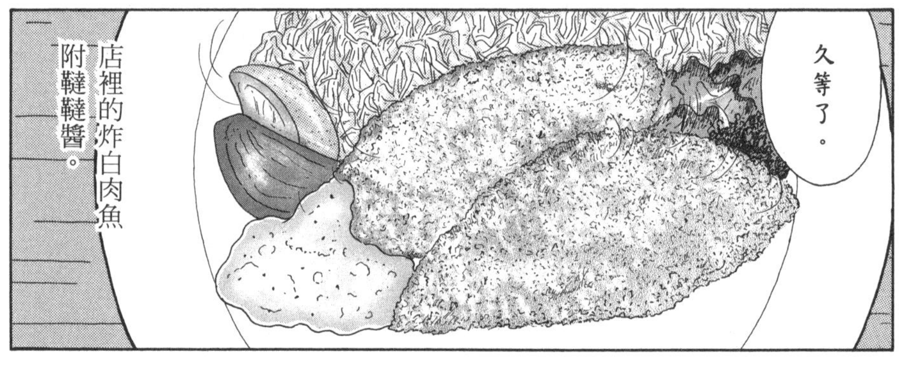
久等了。
店裡的炸白肉魚附韃韃醬。

韃韃醬啊，我還是喜歡醬油。
咻ー

喀哧

嗯，真好吃。是因為好久沒吃了吧！

你以前常吃海苔便當嗎？

當學生的時候每天都吃海苔便當啊，因為最便宜。

堀江先生的學生時代是什麼時候？

泡沫經濟之前八〇年代前期，「昭和」喔！

那時候便利商店沒現在這麼多，便當店比較多。
喔。

我去店裡買海苔便當會問我要醬油還是調味醬。那時候還沒有韃韃醬呢！
啊啊啊。
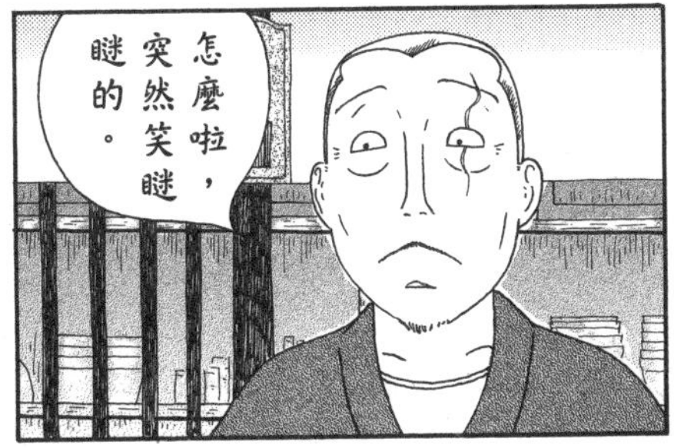
怎麼啦，突然笑瞇瞇的。
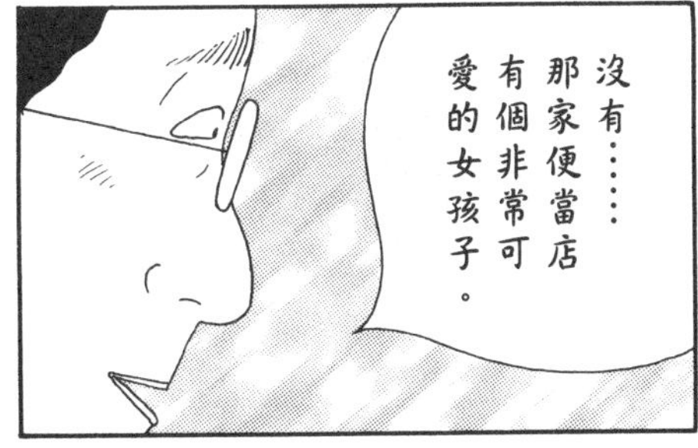
沒有……那家便當店有個非常可愛的女孩子。

ほかほか弁当
あいちゃ
一個海苔便當。

加醬油吧？

對。

然後呢？

就這樣。我是柏拉圖派的……

工作之後離開九州，四年後回去，再到那家便當店，女孩已經不在了。

又酸又甜的回憶，真不錯呢！

那家便當店在哪裡？

江古田。

三天後，
發生了這樣的事。
めし

老闆，有炸白肉魚吧？

有啊！
太好了，好川先生。有炸白肉魚。
嗯。

不知怎地最近想吃炸白肉魚。

之前也有客人這麼說。

炸白肉魚嗎？也請給我一份。

喀
喳

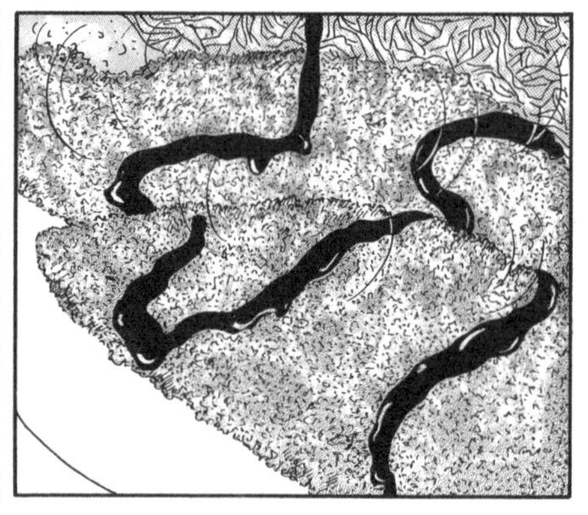

好川先生加調味醬啊？

嗯，我加調味醬。大學的時候常去的便當店，店員會問加醬油還是調味醬。那個女孩真可愛。

?!那家便當店難道是在江古田嗎？
對。

旁邊是花店的那家現做熱便當吧？

對，花店隔壁。對面是賣酒的。

那家賣酒的變成便利商店了。那位大姐真漂亮啊！我是要加韃韃醬的。

看來這兩人，不，連堀江先生三個人，都去同一家便當店買海苔便當。

大二時，那個女孩好幾天都不在，我問了店裡的人，他們說她結婚出國了。

我三年級時，朋友去約她，她回答：「你覺得我幾歲了？比你大十多歲呢，而且還有小孩」。

所以她是結婚生子然後回國來了。

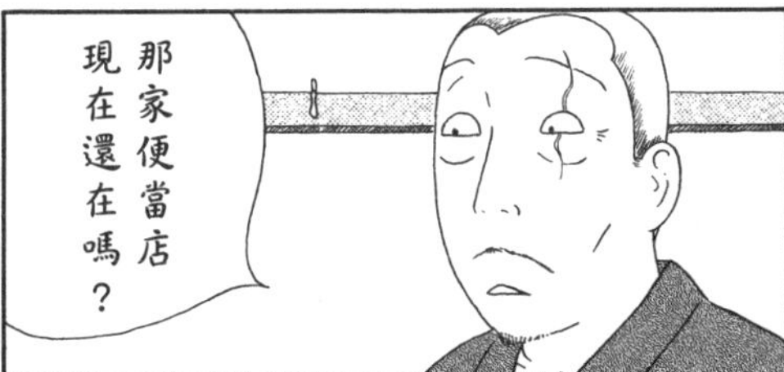
那家便當店現在還在嗎？

……誰曉得
……
……

堀江先生第二天來了。我跟他說了這事，他立刻說——

知道了，我去查證一下。

……
周年 プレセン

FLOWER
P

まねき通り
BAR

不在了啊?!

不，搬到離原來大約一百公尺左右的地方去了。比以前大三倍呢！

她完全一點也沒變。

真的跟以前一模一樣呢！

去查證一下的不只是堀江先生。
然後還得知一件事。

最近常常在
電視廣告上看到的
這個女孩，
是便當店美女的女兒。

老闆，
炸白肉魚。
看到這孩子，
就想吃啦！

我就覺得
她很面熟。
沒錯。

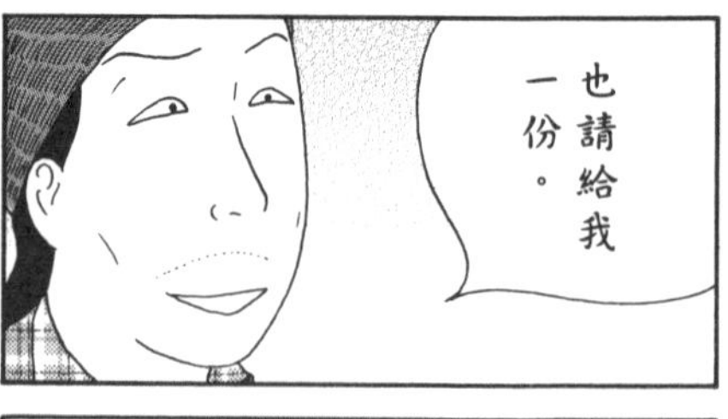
也請給我
一份。

好。……這
就叫做條件
反射吧！

我也要。

深夜食堂 YY0310

深夜食堂10

作者

安倍夜郎（Abe Yaro）

一九六三年二月二日生。曾任廣告導演，二〇〇三年以《山本掏耳店》獲得「小學館新人漫畫大賞」，之後正式在漫畫界出道，成為專職漫畫家。

《深夜食堂》在二〇〇六年開始連載，由於作品氣氛濃郁、風格特殊，二度改編成日劇播映，由小林薰擔任男主角，隔年獲得「第55回小學館漫畫賞」及「第39回漫畫家協會賞大賞」。

譯者

丁世佳

以文字轉換糊口二十餘年，英日文譯作散見各大書店。對日本料理大大有愛；一面翻譯《深夜食堂》一面照做老闆的各種拿手菜。

長草部落格：tanzanite.pixnet.net/blog

書籍裝幀　黑木香＋Bay Bridge Studio
版面構成　倪旻鋒
內頁排版　黃雅藍
手寫字體　鹿夏男、吳偉民
責任編輯　陳柏昌
副總編輯　梁心愉
行銷企劃　詹修蘋、張蘊瑄

初版一刷　二〇一二年十一月三十日
初版十三刷　二〇二〇年十一月十八日
定價　新臺幣二〇〇元

ThinKingDom 新経典文化

發行人　葉美瑤
出版　新經典圖文傳播有限公司
地址　臺北市中正區重慶南路一段五七號一一樓之四
電話　02-2331-1830　傳真　02-2331-1831
讀者服務信箱　thinkingdomtw@gmail.com
部落格　http://blog.roodo.com/thinkingdom

總經銷　高寶書版集團
地址　臺北市內湖區洲子街八八號三樓
電話　02-2799-2788　傳真　02-2799-0909
海外總經銷　時報文化出版企業股份有限公司
地址　桃園市龜山區萬壽路二段三五一號
電話　02-2306-6842　傳真　02-2304-9301

深夜食堂 / 安倍夜郎作；丁世佳譯. -- 初版.
-- 臺北市：新經典圖文傳播, 2012.11-
冊；　公分

ISBN 978-986-88854-1-7（第10冊：平裝）

861.57　　100017381